BVT

Lawrence, genannt Larry, lebt mit seinem Vater in einem Farmhaus irgendwo in Montana. An einem nebelverhangenen Tag hält ein rosa Cadillac vor ihrer Tür: Doris, die Schwester von Larrys Mutter, holt ihren Neffen zu einer langen Reise ab, und zusammen fahren sie durch die verschneite Landschaft über die Rocky Mountains Richtung Seattle, wo Larrys Mutter wohnt. In der Eisenbahnerstadt Shelby geraten sie in einer Kneipe unvermittelt in eine Schießerei, bei der ein flüchtiger Bekannter von ihnen ums Leben kommt. Dieses tragische und zugleich absurde Ereignis kennzeichnet Larrys Welt, die geprägt ist vom Zerfall seiner Familie und dem willkürlichen Chaos, das andere in seinem Leben hinterlassen.

Richard Ford, 1944 in Jackson, Mississippi, geboren, lebt heute in New Orleans und Montana. Bekannt wurde Richard Ford mit seinen Romanen *Der Sportreporter* und *Unabhängigkeitstag*.

Richard Ford

Eifersüchtig

Eine Novelle

Aus dem Amerikanischen
von Fredeke Arnim

Berliner Taschenbuch Verlag

März 2002
BvT Berliner Taschenbuch Verlags GmbH, Berlin,
ein Unternehmen der Verlagsgruppe Random House GmbH
Die Originalausgabe erschien 1995 unter dem Titel
Jealous

Umschlaggestaltung: Nina Rothfos und Patrick Gabler, Hamburg,
unter Verwendung eines Motivs von © stone / Jim Krantz
Gesetzt aus der Palatino
Druck und Bindung: Elsnerdruck, Berlin
Printed in Germany · ISBN 3-442-76030-5

Kristina

In den letzten Tagen, während ich bei meinem Vater in seinem Haus unterhalb des Teton-Flusses lebte, las er mir vor. Nach der Arbeit am Küchentisch sitzend oder frühmorgens, während ich mich vor ihm am Ofen anzog, las er mir laut aus den Regionalzeitungen von Havre und Conrad vor oder aus Zeitschriften – *Life* und *Geographic* – oder aus alten Schulbüchern, die mit Kordel zusammengebunden und von irgendwelchen vorangegangenen, unbekannten Familien in den Nebenräumen unseres Hauses hinterlassen worden waren, Familien, die Dinge zurückließen, die sie nicht mitnehmen konnten.

Wir waren dort allein. Es waren die Monate, nachdem meine Mutter uns das erste Mal verlassen hatte, und wir lebten seit Anfang des Schuljahrs außerhalb Duttons. Meine Mutter war im Sommer gegangen, am Ende einer langen Zeit des Streitens zwischen den beiden, und beinahe sofort danach kündigte mein Vater seinen Job in Great Falls und zog mit mir in ein kleines Haus außerhalb Duttons, wo er sein Geld mit der Reparatur von Landmaschinen verdiente. Er hatte immer gern ein wenig getrunken, meine Mutter auch, und sie hatten Freunde gehabt, die tranken. Aber in Dutton hörte er ganz damit auf, hatte keinen Whiskey mehr im Haus, und er arbeitete bis abends in der Stadt und trainierte dann seine Vorstehhunde, und so sah unser Leben aus.

Natürlich kann es sein, daß er auf irgendein wichtiges Ereignis wartete, darauf, daß ihn plötzlich irgendeine Nachricht erreichte – ein Zeichen. Vielleicht wartete er, wie man so sagt, darauf, daß ihn der Blitz träfe, und er wollte an irgendeinem Ort und in der richtigen geistigen Verfassung sein, um eine klare Entscheidung zu treffen, wenn der Augenblick käme. Es kann sein, daß er mir vorlas, um mir damit zu sagen – »Wir wissen nicht alles, was es zu wissen gibt, Larry. Es gibt mehr Ordnung im Leben und mehr zu lernen, als es scheint. Wir müssen jetzt besser aufpassen.« Es war einfach eine andere Art zu sagen, daß er ratlos war. Er war einundvierzig, und er war sein Leben lang verheiratet gewesen, und er hatte einen Sohn, und all das schien jetzt schnell zu verschwinden. Er war nie ein Mann gewesen, der einfach nur dastand und zusah, wie die Ereignisse ihn niederzwangen. Er war ein Mann, der handelte, ein Mann, dem es wichtig war, das Richtige zu tun. Und ich wußte selbst an jenem Tag, an dem diese Ereignisse stattfanden – er hatte begriffen, daß der Moment zu handeln gekommen war. Und nichts von all dem würde ich ihm vorwerfen.

Am Tag vor Thanksgiving regnete es vor Tagesanbruch eine Stunde, während ich allmählich aufwachte, regnete dann während des ganzen Nachmittags, bis die Temperatur fiel und es zu schneien anfing und die Berge in einem bläulichen Nebel verschwanden, so daß man zehn Meilen weiter in Dutton die Getreidesilos nicht mehr erkennen konnte.

Mein Vater und ich warteten auf die Schwester meiner Mutter, die mich nach Shelby, Montana, zum Zug bringen sollte. Ich war auf dem Weg nach Seattle, um meine Mutter zu besuchen, und meine Tante wollte mich begleiten. Ich war damals siebzehn Jahre alt. Es war neunzehnhundertfünfundsiebzig, und ich war nie zuvor Zug gefahren.

Mein Vater war früh nach Hause gekommen, hatte

gebadet, sich ein frisches Hemd und eine saubere Hose angezogen und saß dann mit einem Stapel *Newsweek* aus der Bibliothek am Küchentisch. Ich selbst war schon angezogen, und meine Tasche war gepackt, und ich schaute durch das Küchenfenster nach dem Auto meiner Tante.

»Weißt du eigentlich, wer Patrice Lumumba ist? Oder – war?« sagte mein Vater, nachdem er kurze Zeit gelesen hatte. Er war ein großer, breitbrüstiger Mann mit kräftigem schwarzem Haar und kräftigen Händen und Armen, und der Tisch vor ihm wirkte klein.

»Nein, Sir«, sagte ich. »War sie eine Sängerin?«

»Nein«, sagte mein Vater. Er blickte durch die untere Hälfte seiner Lesebrille, als versuche er, etwas Kleingedrucktes zu entziffern. »Er war der Schwarzafrikaner, den Eisenhower 1960 vergiften wollte, jedoch seine Chance verpaßte. Seine anderen Feinde haben ihn vorher in die Luft gejagt. Wir fanden das damals alle ziemlich rätselhaft, aber es war wohl doch nicht so rätselhaft.« Er nahm seine Brille ab und rieb die Gläser an seiner Manschette. Einer unserer Setter bellte im Zwinger. Ich beobachtete, wie er zum Zaun in der Ecke beim Getreideheber lief, durch den Draht schnüffelte und dann durch den dunstigen Schnee zu seiner Hütte

zurückkehrte, wo seine Schwester in der Tür stand.
»Die Republikaner haben immer Geheimnisse«, sagte mein Vater und sah durch seine Brillengläser. »Es passiert eine ganze Menge, bevor man das Leben wirklich bewußt sieht.«
»Das weiß ich«, sagte ich.
»Aber man kann nichts dagegen tun, also soll man's nicht so schwer nehmen«, sagte er.
Durchs Fenster sah ich den großen rosa Cadillac meiner Tante plötzlich auf der Straße am Horizont auftauchen. Er raste vor einer Schneewolke her, noch etwa eine Meile entfernt.
»Was wirst du deiner Mutter über das Leben hier draußen erzählen – den ganzen Herbst lang so von allem abgeschnitten?« sagte mein Vater. »Daß ein dunkler Schleier des Geheimnisses über der offenen Prärie liegt?« Er sah zu mir auf und lächelte. »Daß ich deine Erziehung vernachlässigt habe?«
»Ich hab noch nicht viel drüber nachgedacht«, sagte ich.
»Na, dann denk mal drüber nach«, sagte er. »Im Zug wirst du Zeit dazu haben, wenn deine Tante dich in Ruhe läßt.« Er schaute wieder in die *Newsweek,* jetzt ohne Brille. Sie lag auf dem Tisch. Ich hatte gehofft, meinem Vater etwas sagen zu können, bevor meine Tante ankam, etwas über

meine Mutter. Wir hatten nicht viel darüber geredet.

»Was denkst du so über Mutter?« sagte ich.

»In welcher Hinsicht?«

»Glaubst du, sie kommt nach Thanksgiving hierher zurück?«

Er trommelte leise mit den Fingern auf dem Metall der Tischplatte, dann drehte er sich um und schaute auf die Uhr am Herd. »Willst du sie danach fragen?«

»Nein, Sir«, sagte ich.

»Tja. Kannst du ruhig. Du kannst es mir erzählen.« Er sah zum Fenster neben mir, als schaue er nach dem Wetter. Ich hörte einen der Hunde in seiner Hütte bellen, und dann bellte der andere. Manchmal kam ein Koyote aus den Weizenfeldern in den Hof, und sie schlugen sofort an. »Manchmal verschwindet einfach das ganze Geheimnis aus einer Geschichte«, sagte er. Er klappte die *Newsweek* vor sich zu und legte die Hände darauf. »Wer ist zur Zeit dein bester Freund? Ich bin nur neugierig.«

»Nur die Freunde in Falls«, sagte ich.

»Aber wer ist jetzt dein bester Freund? Hier oben?«

»Ich hab jetzt keinen«, sagte ich.

»Mein Vater setzte die Brille wieder auf. »Das ist schade. Ist aber deine eigene Schuld.«

»Ist schon in Ordnung«, sagte ich.
Ich beobachtete, wie das Auto meiner Tante in unsere Straße einbog und die blassen Lichter der Scheinwerfer durch die blasse verschneite Luft brannten.
Eine Meile weiter die Straße hinunter stand ein großer blauer Trailer auf einem Weizenfeld, ohne jeden Schutz vor Wind. Er gehörte dem Farmer aus der Stadt, dem auch unser Haus gehörte, und er hatte ihn der Staatskundelehrerin der High-School vermietet. Joyce Jensen hieß sie. Sie war in den Zwanzigern und korpulent, und mein Vater hatte im letzten Monat einige Nächte bei ihr unten geschlafen. »Yoyce Yensen« nannte er sie und lachte. Ich konnte ein Auto vor dem kleinen Trailer parken sehen, ein rotes neben ihrem dunklen.
»Was siehst du da draußen?« sagte mein Vater. »Siehst du deine Tante Doris?«
»Ja, Sir«, sagte ich, »da draußen auf der Straße.«
»Tja«, sagte mein Vater, »dann bist du weg, bist bloß noch nicht zur Tür raus.« Er griff in seine Hemdtasche und zog eine kleine Rolle Geldscheine hervor, um die ein Gummiband gewickelt war. »Kauf deiner Mutter irgendein Geschenk, wenn du in Shelby ankommst«, sagte er. »Sie wird's nicht erwarten. Es wird sie freuen.«

»Okay«, sagte ich.
Er hielt mir die kleine Rolle hin, und ich nahm sie. Dann stand er auf und beobachtete, wie meine Tante vors Haus fuhr. »Jetzt, zu dieser Tageszeit, vermisse ich immer meinen Drink«, sagte er und sah mit mir aus dem Küchenfenster. Er legte mir seine schwere Hand auf die Schulter, und ich konnte die Seife auf seiner Haut riechen. »Das ist natürlich Teil meines alten Lebens. Jetzt sind wir auf dem Weg in ein neues Leben. Unter den Auserwählten.«

Meine Tante hupte, als sie durch die Hecken auf den Hof fuhr. Meine Tante hatte einen Eldorado Cadillac, ein 69er Modell, blaßrosa mit einem weißen Kunststoffdach. Sie hatte wegen des Schnees die Scheibenwischer an, und die Fenster waren beschlagen. Sie hatte schon einmal in Great Falls ihr Auto vor unserem Haus geparkt, und ich hatte es damals genau untersucht.
»Ich komm kurz mit raus und erzähl deiner Tante einen Witz«, sagte mein Vater. »Geh du zum Taubenschlag und mach die Läden zu. Der Schnee wird reintreiben, und ich vergeß es sonst heute abend. Bei mir dauert's nur einen Moment.« Die

Fensterscheibe meiner Tante wurde automatisch heruntergefahren, und wir konnten beide sehen, wie sie zu unserem kleinen Farmhaus herüberschaute, als glaubte sie, es sei verlassen.
Meine Tante war eine hübsche Frau, und sie stand in dem Ruf, wild zu sein, im Gegensatz zu meiner Mutter – so zumindest hatte mein Vater es mir erzählt. Sie war die jüngere Schwester meiner Mutter, und sie war sechsunddreißig. Aber sie war blond und dünn und hatte weiche blasse Arme, an denen man die Venen sehen konnte. Sie trug eine Brille, und einmal, als ich sie ohne Brille gesehen hatte, eines Morgens, als ich aufwachte und sie im Haus war, fand ich, daß sie wie ein Mädchen aussah, wie jemand, der jünger war als ich.
Ich wußte natürlich, daß mein Vater sie mochte und daß sie in Great Falls kurz etwas miteinander gehabt hatten, nachdem meine Mutter abgehauen war, obwohl Doris mit irgendeinem Indianer verheiratet war, der damals gerade von der Bildfläche verschwunden war. Zweimal war sie zu uns gekommen und hatte für uns abends gekocht, und zweimal war mein Vater in jenem Herbst nach Great Falls hinuntergefahren, um sie zu sehen, und sie hatten ein paarmal nachts lange miteinander am Telephon gesprochen. Aber ich dachte, die Sache

zwischen ihnen sei vorbei. Mein Vater sagte, daß irgend etwas an Doris einen glauben lasse, ihr sei einmal etwas Schlimmes zugestoßen, irgend etwas Tragisches, er wußte nicht, was, und ich glaube, er mochte sie eigentlich nur, weil sie ihn an meine Mutter erinnerte. »Es ist etwas Gutes an Doris«, sagte mein Vater einmal. »Etwas, was deiner Mutter gefehlt hat.« An dem Tag, als er das sagte, trainierten wir die Hunde und beobachteten gerade, wie sie schnüffelnd durch die Weizenstoppeln liefen, etwa eine Meile hinter dem Haus. Bis zum Fluß, der schimmernd dalag, zog es sich golden hinunter, und der Himmel über den Bergen war so blau, wie ich je ein Blau gesehen habe.

»Was meinst du?« fragte ich.

»Ach, sie hat Mitgefühl«, sagte er. »Das bedeutet nicht viel für dich. Eines Tages aber vielleicht doch.« Und dann vergaßen wir die Sache.

Mein Vater ging, noch in Hemdsärmeln, durch den Seiteneingang auf den gekiesten Hof hinaus. Ich sah, wie Doris den Arm aus dem Fenster streckte und zum Takt der Schritte meines Vaters winkte. Ich sah, wie sie lächelte und anfing, etwas zu sagen, aber ich konnte nicht hören, was.

Ich zog meine Flanelljacke an und nahm meine Tasche und ging durch die hintere Tür zum Taubenschlag. Es war vier Uhr nachmittags, und die Sonne – bloß ein weißes Licht hinter weißen Wolken – stand über den Berggipfeln jenseits von Chouteau, und es war bereits kälter als am Mittag, als ich mit dem Bus aus der Schule gekommen war. Auf dem Vorplatz standen überall alte nutzlose Landwirtschaftsgeräte herum, bis auf den Lastwagen, mit dem wir Wasser transportierten, und der Schnee begann, sich auf ihnen und im Gras anzusammeln. Mein Vater stand vornübergebeugt, beide Ellenbogen aufgestützt, am Fenster von Doris' Cadillac, und ich sah, daß sie die Hand auf seinen Arm gelegt hatte, und sie lachte über etwas, was sie gerade sagten. Ich muß auf halbem Weg zum Taubenschlag einfach stehengeblieben sein, denn Doris hörte auf zu lachen und schaute zu mir herüber. Sie blinkte mit den Scheinwerfern des Cadillacs, und ich ging weiter. Es war mir in den Sinn gekommen, daß sie vielleicht hineingehen würden.

Der Taubenschlag war ein alter Hühnerstall, an dem mein Vater die Seitenwände verstärkt hatte, um die Füchse und Koyoten fernzuhalten. Er züchtete Tauben, um seine Setter damit zu

trainieren, und er hatte die Vorstellung, daß er Vorstehhunde abrichten könnte, wenn es sich herumsprach, daß er gut war – und das war er.
In jener Gegend von Montana wurde viel gejagt – Fasane und Rebhühner und Wachteln –, und er meinte, daß er nach der Ernte Zeit dafür haben würde. Wir beide fuhren abends mit zwei Hunden auf die abgemähten Felder hinaus, vier Tauben in die Jackentaschen gesteckt, mit den Köpfen nach unten. Und mein Vater führte einen der Hunde zweihundert Meter an einer Dressurleine über das Feld, und ich steckte eine der Tauben den Kopf unter den Flügel, schüttelte sie und pustete ihr auf den Kopf und versteckte sie dann im Weizenstroh, wo sie verwirrt sitzen blieb, bis der Hund sie witterte und anzeigte. Mein Vater und ich gingen dann hin und scheuchten sie mit Tritten hoch, ein rotes Band und einen Stock an ihr Bein gebunden, so daß sie nicht weit fliegen konnte.
Es wurde nie geschossen. Er schoß nicht gerne auf Vögel. Es gebe nicht mehr genug davon, sagte er. Aber er arbeitete gerne mit Hunden und sah gerne, wie sie vorstanden und wie die Vögel aufflogen. Er war in Minnesota aufgewachsen und genoß es, draußen zu sein. Was andere Menschen taten, sagte er, sei ihre Angelegenheit.

Ich hörte die Vögel hinten in ihrem Verschlag poltern und gurren und umherflattern. Ich spähte durch den Maschendraht und konnte sie sehen, dreißig oder vierzig, grau und mit gewölbter Brust, ihr Geruch wegen der Kälte kaum wahrnehmbar. Mein Vater fing sie in Scheunen, wobei er mit seinem Angelnetz mitten in dem beinahe dunklen Raum stand, das Scheunentor geschlossen, und den Kescher an einer Kordel hin- und herschwingen ließ, während die Vögel aufgeschreckt von Balken zu Balken flogen und er jeweils ein oder zwei oder drei von ihnen fing und sie mir für den Sack reichte, den ich am Eingang bereithielt. Ich hatte, bevor ich mit ihm östlich von Dutton lebte, nichts von diesen Dingen gewußt. Wir hatten so etwas nie unternommen. Aber er mochte es, und ich stand draußen im Licht und spähte durch die Ritzen in den Holzbrettern, beobachtete die Tauben, deren stumpfe Flügel in dem Licht aufblitzten, das durch die anderen Wände drang, und meinen Vater, der ein summendes Geräusch von sich gab – hmmm, hmmm, hmmm –, wie ich es schon bei Boxern gehört hatte, während sein Netz im Kreis flog und die Tauben in seine Reichweite flatterten.
Ich schloß die Läden vor den Maschendrahtverschlägen und verriegelte sie gegen den Wind.

Dann blieb ich neben meinem Koffer stehen und beobachtete meinen Vater. Er stand noch immer im Schnee an Doris' Autotür gelehnt. Sie hatte immer noch die Hand auf seinem Unterarm. Während ich dastand, legte sie die Wange auf seine Hand, und mein Vater richtete sich auf und sah nach links in Richtung der unbefestigten Straße vor dem Haus, jenseits der Hecken. Dann blickte er über Doris' Auto hinweg in Richtung des Trailers, in dem Joyce Jensen lebte. Er sagte dann etwas zu Doris' Fenster hinein und zog die Hände zurück und steckte sie in seine Taschen. Er sah mich an und winkte mir mit weitausholender Geste zu, ans Auto zu kommen.

»Dir werden noch die Haare zu Berge stehen, glaub mir«, hörte ich Doris sagen, als ich mit meinem Koffer zu ihrem Auto kam.
»Deine Tante Doris macht sich Sorgen, daß ihr mit der Limousine im Schnee steckenbleibt«, sagte mein Vater. Er stand jetzt ein, zwei Schritte vom Auto entfernt und lächelte. Auf seinem Haar lag Schnee. »Sie soll dir mal den Witz über japanische Autos erzählen. Den findest du sicher komisch.«
Doris sah meinen Vater an, als sei sie überrascht

über das, was er gesagt hatte. »Damit warte ich lieber noch ein paar Jahre«, sagte sie. »Ich will, daß dein Vater heute abend mit uns nach Shelby fährt, Larry«, sagte sie durchs Autofenster. »Er behauptet, er hätte andere Pläne, über die er aber lieber nicht reden möchte. Ich bin mir sicher, du wirst mir alles erklären.«

»Es wäre ziemlich schwierig, heute abend nach Hause zu kommen«, sagte mein Vater, während er immer noch lächelnd vor dem Auto stand.

»Ich würde mir sicher irgendwelchen Ärger aufhalsen.«

Der Schnee fiel jetzt dichter. Die Arme meines Vaters sahen kalt aus, mir selbst war auch kalt, und ich wollte gerne los. Ich wollte gerne mit Doris los. Ich ging um das Auto herum und stellte meine Tasche auf den Rücksitz und stieg vorn ein, wo die Heizung lief und es warm war und gut roch und das Radio leise spielte. Falls mein Vater Pläne hatte, wußte ich nichts davon, obwohl ich angenommen hatte, daß er Joyce Jensen besuchen würde.

»Man wird nicht ewig eingeladen, irgendwann geben die Leute auf«, sagte Doris. Sie lächelte auch, aber ich wußte, daß sie sich gefreut hätte, wenn er mit uns nach Shelby gekommen wäre. Sie tätschelte mir das Knie. »Wie geht's dir, Kleiner«, sagte sie.

»Hast du heute schon deine Gute-Laune-Pille eingeworfen? Das hoffe ich aber sehr.«
»Ich hab gerade eine genommen«, sagte ich. Ich konnte ihr Parfum riechen. Sie trug knallrote Ohrringe und einen braunen Wollmantel, unter dem ich den Saum eines roten Kleides sehen konnte. Sie trug immer viel Rot.
Mein Vater war im Schnee einige Schritte zurückgegangen. »Du solltest ein Schild an deinem Briefkasten anbringen, Donny«, sagte Doris zum Fenster hinaus. »›N.N.P. Noch nix passiert.‹ So ist es ja wohl.«
»Wir bewegen uns vorsichtig hier draußen«, sagte mein Vater. Er beugte sich hinunter, ohne das Auto zu berühren, und schaute zu mir herein. »Erzähl deiner Tante von dem neuen Schleier des Geheimnisses hier draußen auf der großen Prärie.« Er lächelte. »Das gefällt ihr bestimmt.« Doris legte den Gang ein und wendete vorn herum. »Wünsch meinen alten Freunden in Seattle alles Gute für die Feiertage«, sagte mein Vater, und dann sah er mich an, und er sah seltsam aus, wie er dort draußen ganz allein im Schnee stand, als fürchte er, das, was er gerade gesagt habe, sei albern, auch wenn er es so nicht gemeint habe.
Dann fuhren wir los. Doris kurbelte ihr Fenster

hoch, während sie lenkte. »Du glaubst, daß du das Leben nicht besser machen kannst, Donny, aber du kannst es doch«, sagte sie, während wir zur Ausfahrt rollten. »Ihr seid hier draußen zu viele Nächte alleine gewesen. Ihr seid ja schon ganz kirre.«

»Wir arbeiten dran«, sagte mein Vater, und aus irgendeinem Grund brüllte er es. Und ich wußte nicht, was er meinte, und wünschte mir bloß, daß wir, verdammt noch mal, hier wegkämen und endlich dorthin unterwegs wären, wo wir hinwollten.

Doris beschloß, was zu trinken, bevor wir auf den Highway fuhren. Sie hatte eine Flasche Schnaps unter der Sonnenblende, und sie bat mich, ihr etwas davon in einen Plastikbecher zu gießen. Auf dem nassen Boden hinter ihrem Sitz lag ein ganzer Stapel Becher, ein »Zu Verkaufen«-Schild, ein Glas, ein Haufen Postkarten – darunter eine mit einem Bären, der auf einem großen Strandball tanzte –, ein wattierter Handschuh, eine Haarbürste und ein paar Photos, auf denen Doris in einem Büro am Schreibtisch saß. Sie trug einen kurzen Rock und lächelte in die Kamera hinauf. Es war im Polizeirevier von Great Falls aufgenommen worden, wo Doris arbeitete. Der Ausschnitt eines Ärmels mit Unteroffiziersstreifen war neben ihr auf dem Photo zu sehen.

»Das sind meine scharfen Fahndungsphotos«, sagte Doris, die Schnapsflasche in der Hand, während sie lenkte, »falls ich vergesse, wer ich bin – oder war – oder falls mich mal jemand tot auffindet und sich dieselbe Frage stellt. Ich hab meinen Namen hinten draufgeschrieben.«

Ich nahm eine der Photographien, und Doris' Name war in verblaßter Tinte auf die Rückseite geschrieben. Es lagen noch andere Sachen auf dem Boden – eine Zeitschrift namens *World Conflict* und zwei oder drei Taschenbücher, deren Umschläge abgerissen waren. Ich zog einen Becher aus dem Stapel und gab ihn ihr.

»Und wer wird dich finden, was meinst du?« sagte ich. Wir fuhren gerade auf den Highway, als ich ihr Schnaps in den Becher goß. Die kleine Stadt Dutton, wo ich seit September zur Schule gegangen war, lag genau auf der anderen Seite des Highways. Zehn Straßen mit winzigen Häusern, zwei Kneipen, einem Verein der »Sons of Norway«, drei Kirchen, einem Krämerladen, einer Bibliothek, drei Fahrstühlen, einem »Veterans of Foreign Wars«-

Gebäude, vor dem ein Düsenjäger aus Korea so aufgestellt war, als würde er jeden Moment in den verschneiten Himmel verschwinden. Ringsherum war sonst überall Ackerland, das allmählich vom Schnee bedeckt wurde.

»Man kann nie wissen«, sagte Doris und schaute in den Rückspiegel, während wir auf den Highway fuhren. »Ich kann Montana wirklich nicht ausstehen«, sagte sie. »Und besonders hasse ich die Straßen. Es gibt immer nur einen Weg, irgendwo hinzukommen. Besser, man sieht es aus einem Flugzeug.« Sie drückte die Arme durch, als wollte sie selbst gleich in einem Düsenjäger abheben. Wir beschleunigten, und hinter uns flog Schneematsch auf. Ein Wassertropfen war durch eine Ritze am oberen Rand der Windschutzscheibe gesickert, aber er fror, bevor er herunterfallen konnte. »Also. Was ist der neue Schleier des Geheimnisses?« sagte Doris.

»Er hat mir gerade aus einer Zeitschrift vorgelesen«, sagte ich. »Er hat das nur erfunden.«

»Und glaubst du jetzt also, daß du verstehst, was zwischen deiner Mom und deinem Dad los ist?« fragte sie nach einem Augenblick.

»Im Moment kommen sie nicht gut genug miteinander aus«, sagte ich. »Meine Mutter hat beschlossen, eine Ausbildung zu machen.« Das hatte mir meine Mutter erzählt, als sie wegging. Sie besuchte in Seattle einen Kurs und lernte, Einkommenssteuerformulare auszufüllen. Sie sollte vor Weihnachten fertig sein.

»Sie wissen zuviel voneinander, das ist eigentlich alles«, sagte Doris. »Sie müssen austüfteln, was das, verdammt noch mal, ändert. Manchmal ist es gut, aber nicht immer.«

»Aber genau das soll doch passieren«, sagte ich.

»Ja, natürlich«, sagte Doris. Sie nahm einen kleinen Schluck Schnaps und sah wieder in den Rückspiegel. Auf dem Highway waren sonst keine Autos, bloß große Zugmaschinen, die bis Thanksgiving irgendwo ankommen wollten. »Als ich mit Benny zusammenlebte, hatte er viele, viele Dinge im Kopf, die ich nie verstanden habe. Indianerdinge. Geister. Er glaubte, daß sie zu uns nach Hause kämen. Er glaubte, daß man seine Wertsachen verschenken müßte – oder verspielen, wie in seinem besonderen Fall. Er hat mir einmal gesagt, daß er auf einer Holzplattform auf einem hohen Berg begraben werden wollte. Er glaubte an all diese Sachen – Indianerheilkunst, war ja auch alles in Ordnung, ganz im Ernst.« Doris rieb sich die Nase mit dem Handballen und starrte dann

einfach auf den Highway hinaus, wo sich weißer Dunst wie ein Nebelfeld ansammelte.
»Und was hast du dazu gesagt?« sagte ich und sah sie an.
»Zur Holzplattform?« Sie hatte wahrscheinlich gerade über die Plattform nachgedacht. »Ich hab gesagt – ›In Ordnung, ich hab nichts gegen eine Holzplattform. Aber erwarte nicht, daß ich sie baue oder dich da hochschaffe, weil ich nämlich eine Siebenten-Tags-Adventistin bin, und wir haben nie an Plattformen geglaubt.‹«
»Was hat Benny gesagt?« Ich hatte Benny einmal getroffen und hatte ihn als einen großen stillen Mann mit schwarzgeränderter Brille in Erinnerung.
»Er hat gelacht. Er war natürlich Lutheraner. Durch Missionare in Kanada oder irgendwo oder North Dakota bekehrt. Ich hab's vergessen. Vielleicht war das Ganze auch nur ein Witz. Aber er war tatsächlich Mitglied eines Stammes. Das war er. Er konnte die Indianersprache.«
»Wo ist er?« sagte ich.
»Das ist die große Preisfrage.« Doris beugte sich etwas vor und drehte am Heizungsschalter. Sie hatte wie ich ihren Mantel an, und obwohl meine Wange an der Fensterseite sich kalt anfühlte, war es heiß im Auto. »Shanava, Saskatchewan, vermute

ich mal, wo Thanksgiving entweder früher oder später stattfindet, in einem von den beiden. Ich trage noch meinen Ehering.« Sie hielt ihren Ringfinger hoch. »Aber ich war gerade dabei zu sagen, daß Don und Jan sich zu gut kennen. Das Problem hatte ich mit Benny nie, und wir sind immer noch verheiratet. In gewissem Sinn zumindest.«

»In welchem Sinn?« sagte ich, und ich lächelte, weil irgend etwas daran komisch schien. Ich konnte mich daran erinnern, wie sie mit meinem Vater im Wohnzimmer bis spät in die Nacht geredet hatte und wie es dann ganz still wurde, und schließlich hatte ich gehört, wie die Lampen ausgeknipst wurden. Das war ja alles bekannt.

»Aus der Entfernung, Mr. Schlaumeier«, sagte Doris, »und in dem Sinn, daß wir, wenn er zurückkäme, einfach da weitermachen würden, wo wir aufgehört haben. Zumindest würden wir es versuchen. Wenn er aber vorhat wegzubleiben, wär's mir lieber, wir würden uns scheiden lassen, damit ich anfangen könnte, die Scherben aufzusammeln.« Sie lachte. »Das würde wahrscheinlich nicht allzuviel Zeit kosten.«

»Was, glaubst du, wird passieren?« fragte ich und dachte an meine Eltern. Ich hatte das niemals irgend jemanden zuvor gefragt, mit Ausnahme meines Vaters – und als ich ihn das erste Mal gefragt hatte, sagte er, meine Mutter würde wiederkommen, genau das dachte er nämlich in jenem Sommer, bevor wir Great Falls verließen. Obwohl er dann im Auto, als wir von einem Baseball-Spiel nach Hause fuhren, plötzlich gesagt hatte: »Liebe ist, was zwei Menschen zu tun beschließen. Es ist keine Religion.« Er mußte darüber nachgedacht haben.

»Was ich glaube, was passieren wird?« fragte Doris.

»Ja«, sagte ich.

Doris schob die Brille auf der Nase hoch und atmete tief ein, als sei das keine einfache Frage.

»Es hängt von der Situation dritter Parteien ab«, sagte sie mit sehr ernster Stimme. »Wenn deine Mutter zum Beispiel einen jungen süßen Freund in Seattle hat oder dein Vater eine Freundin, da draußen, wo sich Fuchs und Hase gute Nacht sagen, dann ist das ein Problem. Aber wenn sie lange genug durchhalten und einsam werden, dann wird es sich wohl richten. Das ist natürlich meine Meinung, die sich auf rein gar nichts gründet.«

Doris sah zu mir herüber und streckte die Hand aus und zog meinen Mantelkragen zurecht, der hochgeschlagen war. »Wie alt bis du?« sagte sie. »Ich sollte so etwas eigentlich wissen, weiß es aber nicht.«

»Siebzehn«, sagte ich und fragte mich, ob meine Mutter einen süßen Freund in Seattle hatte. Ich hatte schon in den Monaten, während sie weg war, darüber nachgedacht, aber dann entschieden, daß sie keinen hatte.

»Du hast noch dein ganzes Leben vor dir, um dir den Kopf zu zerbrechen«, sagte Doris. »Fang nicht jetzt schon damit an. So etwas sollten sie einem in der Schule beibringen statt Geschichte. Den Kopf freihalten. Übrigens, willst du mal etwas über dich selbst wissen?«

»Was?« fragte ich. Sie sah mich nicht an, fuhr einfach weiter den Highway entlang.

»Du riechst nach Weizen!« sagte Doris und lachte. »Seit du in dieses Auto eingestiegen bist, riecht es hier drin wie in einem Silo. Läßt dich Don nicht mit im Haus schlafen?«

Und ich war entsetzt, das zu hören, weil ich nicht gerne auf der Farm draußen lebte und auch nicht in dem Haus, und ich wußte, daß ich vielleicht so roch, weil der Geruch in allen Zimmern und in der Kleidung meines Vaters hing. Und ich war wütend darüber, wütend auf ihn, auch wenn ich nicht wollte, daß Doris es merkte. »Sie haben in unserem

Haus Getreide gelagert, bevor wir eingezogen sind«, sagte ich, und dann nichts mehr.
»Du bist so 'ne richtige Landpomeranze, nicht?« sagte Doris. »Du solltest dir besser mal deine Schuhsohlen anschauen.« Und sie lachte wieder.
»Wir sind bloß dieses Jahr da draußen«, sagte ich. Und ich wurde noch wütender, was das Thema anging. Vor dem beschlagenen Fenster fingen ganz dicht hinter dem Straßenrand und dem Zaun die ersten dunklen Reihen des neugepflügten Winterweizens an, und der Schnee setzte sich in den Fugen fest. Was ich eigentlich wollte, dachte ich in jenem Moment, war, bei meiner Mutter in Seattle zu bleiben, dort nach Weihnachten auf eine neue Schule zu gehen, selbst wenn ich dann ein Jahr wiederholen müßte. Ich wollte weg aus dieser Gegend, wo wir keinen Fernseher hatten und jede Woche unser Wasser herantransportieren mußten und wo einen die Koyoten mit ihrem Geheul weckten und mein Vater und ich niemanden sonst hatten, mit dem wir reden konnten. Mir fehlte etwas, dachte ich, eine bedeutende Gelegenheit, und als ich später mal zu erklären versuchte, daß ich kein Farmjunge war, sondern lediglich für eine kurze Zeit ein solches Leben geführt hatte, wollte mir keiner glauben. Und danach war es immer

unmöglich zu erklären, wie die Dinge wirklich lagen.

»Ich war lange deprimiert, nachdem mich Benny verlassen hatte«, sagte Doris. Sie war inzwischen bei einem anderen Thema gelandet. »Weißt du, was das heißt? Deprimiert sein?«

»Ich glaub nicht«, sagte ich düster.

»Es bedeutet, daß du ständig daran zweifelst, ob überhaupt irgend etwas gut ist. Und wenn du dich plötzlich etwas besser fühlst oder einfach eine schöne Blume siehst oder deine Laune sich ein wenig lichtet, dann ertappst du dich sozusagen dabei, und sofort kommen dir wieder Zweifel. Alles hat einen Haken.«

»Und woher kommen diese Zweifel?« fragte ich. Ich war mir sicher, daß ich mehr darüber wußte, als sie annahm.

»Ich weiß es nicht genau«, sagte sie. »Und ich weiß auch nicht, warum es dann wieder vorbeigeht, es ist eben einfach vorbei. Aber das ist dann etwas, wofür man dankbar sein muß – wenn der alte Fürst der Finsternis sich endlich verzieht.« Doris streckte die Hand aus und legte ihren Finger an den Riß in der Windschutzscheibe, durch den das Wasser gedrungen und dann gefroren war. Sie betrachtete ihre Fingerspitze, um zu sehen, ob sie naß war.

»Du bist viel zu jung für all das Durcheinander«, lächelte sie mich an, »weil ich selbst dafür zu jung bin.« Sie leckte ihren Finger ab. »Erzähl mir von deinem Vater, hat er eine Freundin da draußen in Sibirien? Ich wette, er hat eine. Irgendeinen kleinen ungeschliffenen Diamanten.«
»Hat er auch«, sagte ich. Ich hielt es nicht für wichtig, und es war mir egal, ob sie es meiner Mutter erzählte. »Ein Stück unsere Straße runter wohnt eine Lehrerin.«
»Na, bravo«, sagte Doris, obwohl sie dabei nicht lächelte. »Wie heißt sie denn?«
»Joyce«, sagte ich.
»Das ist ein süßer Name. Ich nehm an, deine Mutter weiß nichts davon.«
»Ich weiß nicht, ob sie es weiß«, sagte ich.
»Nicht, daß es was ausmacht, aber ich bin mir sicher, daß sie es nicht weiß«, sagte Doris.
Ich fragte mich, ob mein Vater genau in diesem Augenblick in Yoyce Yensens Trailer war oder ob er zu Hause die *Newsweek* las. Ich erinnerte mich an das andere Auto vor dem Trailer und fragte mich, wem es gehörte.
Doris nahm ihre Schnapsflasche herunter und reichte sie mir zusammen mit ihrem Becher. »Ich hätte gerne noch einen, bitte.«

Ich fragte mich, ob sie sich jetzt betrinken würde, weil ich ihr erzählt hatte, daß mein Vater eine Freundin hatte. Es wurde allmählich dunkel, und der Schnee lag schon ziemlich dicht, und es wurde kälter, und obwohl wir kurz vor Shelby waren, waren es noch drei Stunden, bis unser Zug ging. Und in mir kam Angst auf, daß wir ihn verpassen würden, daß Doris sich betrinken und irgendwohin verschwinden würde, wo ich sie nicht aufwecken könnte, und daß ich noch in dieser Nacht wieder in Dutton sein und nach Mitternacht durch die Haustür gehen und niemanden finden würde.

Ich goß Doris weniger ein als beim letzten Mal. Der Schnaps klebte an meinen Fingern und schmeckte wie Malzbier. Ich war mit meinem Vater in Kneipen gewesen und hatte schon Schnaps gesehen, aber niemals hatte ich jemanden das Zeug trinken sehen.

»Weißt du«, sagte Doris und schien über irgend etwas empört, »dir ist klar, daß du deinem Vater nicht gehörst, oder? Niemand gehört einem anderen. Manche glauben das, aber das ist lächerlich.«

»Weiß ich«, sagte ich. »Ich werde mich abnabeln, sobald das Schuljahr vorbei ist.«

»Du bist schon abgenabelt. Das hat mit der Schule nichts zu tun.« Doris war immer noch empört.

»Ich bin nicht deine Mutter. Das weißt du doch, oder? Ich bin deine Tante. Eine reine Formsache. Mir ist es ganz egal, was du tust. Du kannst morgen nach Great Falls ziehen, wenn du willst. Du kannst bei mir wohnen. Das wär mal was Neues.« Doris kniff die Augen gefährlich zusammen. Ich dachte schon, daß sie mich jetzt vielleicht auffordern würde, auch einen Schnaps zu trinken, aber ich wollte nicht. Ich erinnerte mich an eine kleine Tätowierung, die sie auf der Schulter hatte, ein blauroter Schmetterling. Ich hatte sie im letzten Sommer gesehen, als sie im Haus in Great Falls war und die Zeit mit meinem Vater verbracht hatte.

»Du bist wie ein Vogel im Käfig, stimmt's«, sagte sie.

»Ich werde nicht mehr allzulange da bleiben«, sagte ich.

»Das werden wir noch sehen«, sagt Doris und starrte durch die Windschutzscheibe in die treibenden Schneeflocken. »Hast du für deine Mutter ein schönes Geschenk mit?«

»Das besorg ich noch«, sagte ich. »In Shelby.«

»Hat dir dein Vater einen Haufen Geld gegeben, jetzt, wo er 'ne Menge verdient?«

»Ich habe selbst welches«, log ich und dachte daran, daß die besseren Geschäfte in Shelby geschlossen wären, obwohl vielleicht in der Nacht vor Thanksgiving noch ein Drugstore geöffnet haben würde. Ich könnte eine Karte und ein paar Süßigkeiten kaufen. Ich stellte mir die Main Street von Shelby vor, wo ich erst einmal mit meinem Vater gewesen war, und ich hatte sie nur als eine Reihe von Kneipen und Motelschilder auf einer breiten Straße in Erinnerung, mit einem Zug, der mitten durch die Stadt fuhr.

»Ich hab bei der Ernte am Getreidesilo gearbeitet«, sagte ich.

»Hat Don immer noch das Trinken aufgegeben?«

»Ja, immer noch«, sagte ich.

»Und kommt ihr ganz prima miteinander aus, ihr beiden?«

»Ja«, sagte ich, »immer noch.«

»Na, das ist ja wunderbar«, sagte sie. Draußen im Schnee, durch den Nebelschleier, konnte ich knapp oberhalb der Straße eine Reihe blaßgelber Lichter sehen und hoch darüber einen Funkturm, dessen rotes Licht verloren am Himmel blinkte. Dort lag Shelby. »Ich hab früher immer geglaubt, dein Vater hätte die falsche Schwester geheiratet, da wir uns ja alle zur selben Zeit kennengelernt haben. Ich hab geglaubt, er wäre zu gut für Jan. Aber jetzt glaube ich das nicht mehr. Jan und ich sind uns, seit sie in

Seattle ist, viel nähergekommen. Wir unterhalten uns am Telefon über alles mögliche.« Doris kurbelte ihr Fenster herunter und kippte den restlichen Schnaps hinaus. Er schwappte an die Heckscheibe und fror fest. »Sie ist ganz schön toll, wußtest du das? Wußtest du, daß deine Mutter toll ist?«

»Ja, das wußte ich«, sagte ich. »Was hältst du von Dad?« Wir fuhren jetzt nach Shelby hinein.

»Man kann die wichtigen Entscheidungen nicht rückgängig machen«, sagte Doris. »Er ist in Ordnung. Das ist meine Meinung von ihm. Ich traue ihm nicht sonderlich. Er ist nicht gerade so ausgestattet, daß er sich um viele Dinge Gedanken macht – er ist so gesehen wie eine Katze. Aber er ist schon in Ordnung.«

»Tut es dir leid, daß du ihn nicht geheiratet hast?« sagte ich. Ich dachte natürlich, daß sie meinen Vater falsch einschätzte. Er machte sich um Dinge Gedanken, so wie jeder das tat – er machte sich jedenfalls mehr Gedanken als Doris, da war ich mir sicher.

»Sagen wir's mal so«, sagte Doris. Sie lächelte mich auf eine süße Weise an, so daß man sie richtig gern haben konnte. »Wäre es so gekommen, dann säßest du jetzt nicht hier, stimmt's? Alles wäre anders.« Sie

gab mir einen freundlichen Klaps aufs Knie.
»Also steckt in allem etwas Gutes. Das ist ein ganz wichtiger Glaubenssatz der Siebenten-Tags-Adventisten.«
Sie scharrte mit den Fingernägeln über mein Knie und lächelte mich wieder an, und wir fuhren nach Shelby hinein, wo es immer noch schneite und fast dunkel war, bis auf einige Lichter auf der Hauptstraße.

In Shelby waren schon die Weihnachtsdekorationen angebracht – rote und grüne und weiße Lichterketten waren über die drei Kreuzungen gehängt und kleine Weihnachtsbäume auf den Ampeln befestigt. Auf den Straßen standen eine Menge Autos und Lastwagen im Schnee, und die meisten Geschäfte hatten geöffnet.
Wir fuhren an einem großen, hellerleuchteten Supermarkt vorbei, auf dessen Parkplatz viele Autos und Pickups und Menschen mit Einkaufstüten zu sehen waren. Ich sah einen Drugstore und einen Schreibwarenladen und einen »Western Wear Shop«, in denen die Lichter brannten und sich Menschen durch die Gänge bewegten.

»Irgend etwas an Shelby ist geradezu physisch merkwürdig, findest du nicht«, sagte Doris, während sie langsam durch die Stadt fuhr und sich die Kneipenschilder und Thanksgiving-Dekorationen in den Schaufenstern ansah. »Es hat einfach etwas Geheimnisvolles. Vielleicht weil es so nah an Kanada liegt. Ich weiß es nicht.«

»Vielleicht sollte ich aussteigen und jetzt etwas kaufen«, sagte ich. Ich hatte einen Redwing-Laden gesehen und mir einen Moment überlegt, meiner Mutter ein Paar Schuhe zu kaufen, obwohl ich ihre Größe nicht kannte und nicht wußte, was ihr gefiel. Ich erinnerte mich an irgendwelche grünen hochhackigen Schuhe, die ich an ihr gesehen hatte, und es überraschte mich, daß ich mich nicht an mehr erinnern und auch sie selbst, ihre Person, mir kaum ins Gedächtnis rufen konnte.

»Willst du hier in der Stadt chinesisch essen, oder lieber später im Speisewagen?« fragte Doris. Sie betrachtete beim Fahren immer noch die Geschäfte .

»Ich würde lieber im Zug essen«, sagte ich, weil ich aus dem Auto aussteigen wollte.

»Ich will, daß du dich amüsierst, während du unter meiner Obhut stehst.«

»Ich steig hier jetzt mal aus«, sagte ich. Wir mußten an einer Ampel halten, und ich wollte zum

Schreibwarenladen zurück, bevor er zu weit hinter uns lag.

»Findest du allein zum Bahnhof?« sagte Doris mit einem kurzen Blick in den Rückspiegel.

»Ich frag einfach jemanden«, sagte ich, öffnete die Autotür und glitt in der Kälte des Schnees auf den Bürgersteig hinaus.

»Frag bloß keinen Indianer«, sagte Doris laut durch die geöffnete Tür. »Die lügen wie die Schlangen. Frag einen Schweden. Die wissen nicht einmal, was eine Lüge ist, deshalb sind sie auch so gute Ehemänner.«

»Mach ich«, sagte ich und schloß die Autotür, während sie noch sprach.

Menschen waren auf dem Bürgersteig, kamen aus Läden heraus oder gingen hinein. Überall waren Autos, und für eine kleine Stadt gab es ziemlich viel Lärm, obwohl der Schnee alles dämpfte. Es war wie ein Samstagabend in Great Falls, dachte ich, und ich ging eilig den Straßenblock hinunter, an dem wir gerade vorbeigefahren waren. Aus irgendeinem Grund war der Schreibwarenladen nicht dort, wo ich glaubte, ihn gesehen zu haben, und ich konnte auch den »Western Wear Shop« nirgends entdecken, allerdings gab es ein chinesisches Restaurant und eine Kneipe und dahinter einen

Drugstore, in den ich hineinging, um mich umzuschauen.
Jenseits der Glastür war es warm, und die Luft roch nach Halloween-Süßigkeiten. Im Laden waren noch viele andere Kunden, und ich schlenderte durch die drei Gänge zwischen den Regalen, auf der Suche nach irgend etwas, was meine Mutter vielleicht gerne von mir geschenkt bekäme, wobei ich mich zu erinnern versuchte, was ihr gefiel. Es gab eine Abteilung, in der rosa und blaue Konfektschachteln verkauft wurden und längs einer Wand stand ein Regal mit Parfum und eine lange Reihe von Thanksgiving-Grußkarten. Ich ging zweimal durch den mittleren Gang und sah mich dann im hinteren Teil des Ladens um, wo die Apotheke untergebracht war und es Fußbäder und Verbandszeug und auch sonst alles gab, was in einem Krankenzimmer gebraucht wurde. Ich überlegte, ob ich ihr so etwas wie Shampoo oder Haarspray schenken sollte, aber ich wußte, daß sie sich das selbst kaufen würde. Dann sah ich einen Drehständer mit Uhren, den man mit einem silbernen Knopf am Fuß der Säule bediente. Die Uhren kosteten alle um die dreißig Dollar, und mein Vater hatte mir fünfzig gegeben, und ich dachte, daß eine Uhr doch eine gute Sache sei, besser als Parfum, weil man sie,

anders als Parfum, nicht aufbrauchen konnte, und abgesehen davon, gefiel mir der Anblick der Uhren hinter dem sich drehenden Glas, und ich war erleichtert, daß ich mich in so kurzer Zeit entschieden hatte. Meine Mutter hatte eine Uhr gehabt, daran erinnerte ich mich, aber sie war irgendwann im Frühjahr kaputtgegangen.

Ich beschloß, noch einmal durch den Laden zu gehen, um mich zu vergewissern, daß ich auch nichts übersehen hatte, aber ich entdeckte bloß noch Zeitschriften und Bücher. Einige Jungen in meinem Alter, die ihre rotbraun-gelben Shelby-Jacken trugen, standen bei den Zeitschriften und unterhielten sich mit zwei Mädchen. Als ich vorbeiging, sahen sie mich alle an und sagten nichts, und ich wußte, daß ich vielleicht gegen sie Football gespielt hatte, damals in Great Falls, denn wir hatten gegen Shelby gespielt und gewonnen. Aber ich erkannte sie nicht, und meine Footballjacke war in Dutton, in einer Kiste in einem Hinterzimmer. Die Mädchen sagten irgend etwas, als ich an ihnen vorbeigegangen war, aber sie hatten mich anscheinend gar nicht richtig wahrgenommen.

Ich kam an einer Abteilung mit Damenhausschuhen in durchsichtigen Plastiketuis vorbei. Rosa und blau und rot. Sie kosteten zehn Dollar, eine

Größe für alle. Aber ich fand, daß sie billig aussahen. Sie sahen so aus, als ob Doris sie tragen würde. Und ich ging wieder zu der Uhrensäule zurück und drückte den Knopf, bis ich eine sah, die gold und schmal und zierlich war, mit einem kleinen Zifferblatt und römischen Ziffern, und ich dachte, daß sie meiner Mutter gefallen würde. Ich ging zu einer Verkäuferin und ließ die Uhr in weißes Seidenpapier einpacken. Ich bezahlte mit den zusammengefalteten Scheinen, die mein Vater mir gegeben hatte, und steckte sie in meine Jackentasche und hatte das Gefühl, das Richtige getan zu haben und daß mein Vater einverstanden gewesen wäre. Dann ging ich wieder auf die kalte Straße hinaus und begann, den Bahnhof zu suchen. Ich erinnerte mich von meinem letzten Aufenthalt in Shelby, daß er hinter der Hauptstraße lag, in einem älteren Viertel, wo es ein paar Kneipen gab, in die mein Vater gegangen war. Ich war nicht sicher, wo er sich genau befand, aber ich überquerte die Hauptstraße und betrat eine Gasse zwischen zwei Geschäften, ließ die Weihnachtsdekoration und den Verkehr und die Motelschilder hinter mir und kam dann auf eine gekieste schmale Straße, hinter der das Stationsgebäude, das von innen mit gelblichen Lichtern erleuchtet war, und der

Rangierbahnhof lagen. Ein Stück die Schienen entlang sah ich eine Reihe von Getreidewaggons und eine Rangierlok und dahinter ein Auto, das gerade die Eisenbahngleise überquerte. Der Rangierbahnhof war dunkel, und es war inzwischen kälter geworden und schneite noch ein wenig. Ich konnte hören, wie die Rangierlok Waggons hin- und herschob, und als ich über die Gleise stieg, schaute ich nach beiden Seiten, nach Osten und nach Westen, und konnte die Gleise als Lichtspuren sehen, die von mir wegführten, dorthin, wo gelbe Lichter und, noch weiter weg, rote Lichter in der verschneiten Dunkelheit brannten. Im Warteraum war es wärmer als im Drugstore, und es saßen nur zwei Leute auf den langen Reihen der Holzbänke, obwohl mehrere Koffer an der Wand lehnten, und zwei Leute standen an, um Fahrkarten zu kaufen. Doris war nirgends zu sehen. Ich nahm an, daß sie vielleicht in der Damentoilette war, hinten bei den Telephonen, und ich stellte mich neben das Gepäck und wartete, obwohl ich weder meinen Koffer noch ihren sah. So daß ich nach ein paar Minuten beschloß, sie sei nicht da. Die zwei Personen, die auf den Bänken saßen, waren ein Mädchen und ein Junge, der ein wenig älter war als ich, und sie spielten irgend etwas mit einem kleinen Brett und farbigen Steckern, und das Mädchen hatte das Brett auf dem Schoß und lachte immer wieder und sagte, »Siehste, Süßer. Schau, Süßer«, und lachte noch mehr. Der Junge lachte auch. Mir kam der Gedanke, sie zu fragen, ob sie Doris gesehen hätten, aber sie waren in ihr Spiel vertieft, und schließlich hörte ich das Mädchen sagen: »Das Spiel hat nichts mit ner Wohltätigkeitsveranstaltung zu tun, Süßer.« Dann lachten die beiden laut auf und sahen mich an und lachten dann leiser.

Als die anderen Leute ihre Tickets gekauft hatten, ging ich zum Fahrkartenschalter und fragte die Frau nach Doris.

»Doris sucht dich «, sagte die Frau und lächelte mich aus dem metallenen Fensterrahmen an. »Sie hat deine Fahrkarte gekauft und hat mir gesagt, ich soll dir sagen, daß sie im Oil City ist. Das ist auf der anderen Straßenseite, da lang.« Sie zeigte auf den Hintereingang des Gebäudes. Sie war eine ältere Frau mit kurzen blonden Haaren, und sie war dick. Sie trug eine rote Jacke mit einem goldenen Namensschild, auf dem «Betty« stand. »Ist sie deine Mutter?« fragte sie mich und fing an, leise murmelnd einen Stapel Dollarscheine zu zählen.

»Nein, Ma'am«, sagte ich, »sie ist meine Tante.«

»Wo ist deine Mom?« sagte sie.
»In Seattle.«
»Kommst du daher?« Sie schob eine kleine Papierbinde über die gezählten Scheine.
»Ich lebe in Dutton«, sagte ich. Ich hörte das Mädchen hinter mir wieder kichern, und dann sagte es: »Wie wär's mit einem blauen Auge?«
»Lieber nicht«, sagte der Junge.
»Nette Stadt«, sagte Betty. »Hat dein Vater da unten eine Farm?«
»Nein«, sagte ich, »er ist Mechaniker.«
»Verstehe«, sagte die Frau. »Na, du wirst mit deiner Mutter sicher ein schönes Thanksgiving haben. Sie will sicher, daß du ganz schnell bei ihr ankommst.«
Die Frau griff sich mit beiden Händen in die Haare, als wolle sie am Hinterkopf etwas zurechtschieben. Sie lächelte mich an und sagte nichts mehr. Und ich dachte mir, daß ich jetzt losgehen und Doris im Oil City finden sollte, wo immer das war. Es war sieben Uhr.
»Wird der Zug pünktlich sein?« fragte ich.
»Der Zug ist immer pünktlich«, sagte sie und schob wieder ihr Haar zurecht. »Du wirst es schon schaffen. Deine Tante wird dich reinsetzen. Verlaß dich auf sie.«

»Okay«, sagte ich. »Mach ich.« Sie lächelte mich wieder an, und ich drehte mich um und ging auf den Hintereingang des Bahnhofs zu.

Draußen auf der Betonplattform sah ich Doris' Cadillac auf dem kleinen gekiesten Parkplatz stehen, und jenseits der Straße war eine dunkle Reihe von Häuser, die aussahen, als seien sie einmal Läden gewesen. Sie standen nun leer, bis auf drei, die Kneipen waren. Es waren die Kneipen, in denen mein Vater auch gewesen war. Am Ende des Blocks war der Anfang einer Straße, in der gewöhnlich aussehende Häuser standen, und ich konnte erleuchtete Zimmer sehen und Rauch, der aus den Schornsteinen aufstieg, und Schnee, der sich in den Gärten angesammelt hatte. Jenseits der Ecke befand sich ein Baseballschutz aus Maschendraht, kaum sichtbar in der Dunkelheit und dem Schnee.

Die Kneipen sahen aus, als wären sie geschlossen, obwohl alle drei kleine rot erleuchtete Kneipenschilder in ihren Fenstern hatten und ein paar Autos vor ihnen parkten. Ich konnte nicht erkennen, ob eine von ihnen das Oil City war, obwohl ich dann, als ich die Straße überquert hatte, sah, daß es die letzte Kneipe war, hinter der sich weitere leere Geschäfte befanden. Ein Taxi parkte davor.

Ich war noch nicht oft in Kneipen gewesen. In einer oder zwei mit meinem Vater in Great Falls, und zwei-, dreimal in Dutton, als ich darauf wartete, daß er mich nach der Arbeit abholte. Aber es machte mir nichts aus hineinzugehen. Mein Vater sagte, eine Kneipe sei kein Ort, den irgend jemand aufsuchen wollte, sondern etwas, wohin es einen verschlug, und er hatte beschlossen, daß er auf sie verzichten könnte, wegen des Trinkens. Aber Kneipen hatten etwas an sich, was ich mochte, man hatte in ihnen oft das Gefühl, daß etwas Wichtiges passieren könnte, irgendeine Erwartung blieb in ihnen wach, selbst wenn überhaupt nichts passierte. Und die Wahrheit war natürlich, daß in ihnen immerzu Dinge passierten, gefährliche Dinge, aufregende Dinge, schlechte Dinge, in die keiner verwickelt sein wollte.

Im Oil City war es dunkel, und Musik spielte, und die Luft roch süß und schwer. Doris saß an der Bar und redete mit einem Mann neben ihr, einem kleinen Mann, der einen weißen Bauarbeiterhelm und einen Overall trug und dem ein halblanger Pferdeschwanz über den Rücken hing. Vor ihnen standen Gläser, und die Arbeitshandschuhe des Mannes lagen auf der Theke. Er und Doris unterhielten sich und sahen einander tief in die Augen.

Ich dachte, der Mann könnte ein Indianer sein, wegen seiner Haare und weil es zwei oder drei andere Indianer in der Kneipe gab – einem langen, dunklen, beinahe leeren Raum mit zwei Spielautomaten, einem Tisch und einer schwach erleuchteten Jukebox, die einsam an der Wand lehnte. Überall standen Stühle herum, und es war kalt, als funktionierte die Heizung nicht.
Keiner bemerkte mich, als ich hereinkam, obwohl Doris in meine Richtung schaute, aber sie schien mich nicht wahrzunehmen, denn sie wandte sich wieder dem Indianer mit dem Bauarbeiterhelm zu und nahm ihr Glas und trank einen Schluck.
»Das ist was ganz anderes«, sagte sie mit lauter Stimme. »Sorgen und Achtgeben sind zwei ganz verschiedene Dinge. Ich kann mich um etwas sorgen und nicht achtsam sein, und auch auf etwas achten, aber nicht sorgsam sein. Also sind sie, verdammt noch mal, nicht dasselbe.« Sie sah zu mir herüber, und diesmal sah sie mich tatsächlich. Sie war betrunken. Ich wußte es. Ich hatte sie schon mal betrunken gesehen. »Du könntest ein Privatschnüffler sein, so wie du hier reingeschlichen kommst«, sagte sie und schaute kurz auf den Mann neben ihr. »Du hast hier gerade den Einsatz der Polizei von Shelby verpaßt. Sie haben

gesagt, sie suchen dich.« Doris setzte ein breites Lächeln auf, nahm meine Hand und zog mich zu sich heran. »Wir zwei beide haben gerade über absolute Werte diskutiert. Das hier ist Mr. Barney Bordeaux. Wir sind einander soeben formlos vorgestellt worden. Er ist als Weinprüfer unterwegs. Aber er hat mir gerade eine furchtbare Geschichte erzählt, seine Frau ist nämlich von einem Mann mit Pistole ausgeraubt worden, mitten in Shelby, und ihr ganzes Geld und alle ihre Ringe sind weg. Also bevorzugt er unter diesen Umständen Ehrlichkeit als absoluten Wert.«

Barney sah sie an und verzog den Mund, als hätte sie gerade etwas Dummes gesagt. Er hatte schmale Augen und ein aufgedunsenes dunkles Indianergesicht unter seinem weißen Bauarbeiterhelm, auf den vorne das grüne Logo von Burlington North aufgedruckt war.

»Was will das Küken hier?« fragte er und sah mich mit zusammengekniffenen Augen an. Einer seiner Vorderzähne fehlte, und es schien, als habe er schon eine Weile getrunken. Er war klein und dünn und sah krank aus, und um seine Mundwinkel hatte er einen Anflug von einem Schnurrbart, der ihn chinesisch aussehen ließ. Obwohl man auch meinen konnte, er habe vielleicht irgendwann mal gut

ausgesehen, aber dann sei ihm etwas Schlimmes zugestoßen.
»Dies hier ist das Kind meiner Schwester«, sagte Doris, ließ meine Hand los und faßte Barney am Arm, als wolle sie, daß er blieb, wo er war. »Wir fahren heute nacht mit dem Zug nach Seattle.«
»Das hast du wohl vergessen zu erwähnen«, sagte Barney ziemlich unfreundlich.
Doris sah mich an und lächelte. »Barney ist nämlich gerade aus Fort Harrison entlasssen worden. Deswegen feiert er nun. Er hat noch nicht erzählt, was er eigentlich hatte.«
»Ich habe gar nichts«, sagte Barney. Er drehte sich nach vorn und guckte in den Spiegel, der hinter der Bar hing. »Ich seh nicht, wohin mich das hier führt«, sagte er zu sich selbst.
»Es führt dich nirgendwohin«, sagte Doris. Fort Harrison war das staatliche Krankenhaus in Montana. Mein Vater hatte mir erzählt, daß verrückte Indianer und Kriegsveteranen dort hingingen und umsonst behandelt würden. »Ich hatte gerade gesagt«, fuhr Doris fort, »daß Treue wichtiger ist als Ehrlichkeit, wenn Ehrlichkeit heißt, daß man immer nur die absolute Wahrheit sagt, denn es gibt verschiedene Arten von Wahrheit. Sie hatte ihren Mantel ausgezogen und neben sich auf

einen Barhocker gelegt. Ihr rotes Wollkleid war ihr über die Knie gerutscht. Ihre Handtasche lag auf der Theke neben ihren Schlüsseln und ein paar Dollarscheinen, die sie herausgenommen hatte. Barney drehte sich plötzlich um und legte seine Hand einfach auf Doris' übereinandergeschlagene Knie. Er lächelte und sah mir ins Gesicht. »Es wird brenzlig, wenn Leute, die jünger sind als man selbst, sich als schlauer rausstellen.« Und sein Lächeln wurde breiter, so daß sein fehlender Zahn nicht zu übersehen war. Ich nahm den Geruch von Schweiß und Wein an ihm wahr. Er lachte dann laut auf und drehte sich wieder zur Bar.

»Barney tritt in seinem eigenen Film auf«, sagte Doris.

»Wo ist mein Koffer«, fragte ich, weil er mir plötzlich einfiel und ich ihn nirgendwo sah. Ich wollte die Uhr für meine Mutter hineintun.

»Laß mich mal überlegen«, sagte Doris und blickte dabei zu Barney hinüber, um zu sehen, ob er noch zuhörte. »Den hab ich weggegeben. Ein bettelarmer Schwarzer kam vorbei und sagte, er hätte seinen verloren, und da hab ich ihm deinen Koffer gegeben.« Sie nahm ihre Autoschlüssel von der Theke und spielte mit ihnen herum, ohne mich auch nur anzuschauen. Dann griff sie in ihre

Tasche, nahm meine Fahrkarte heraus, die lediglich ein kleiner weißer Zettel war, und gab sie mir. »Du nimmst deine«, sagte sie. »Das heißt, daß du für dich selbst verantwortlich bist.« Sie nahm einen Schluck aus ihrem Glas. Sie war von Schnaps auf irgend etwas anderes umgestiegen. »Und was ist mit deinen absoluten Werten?« sagte sie zu mir. »Was meinst du? Ich bin mir nicht sicher, ob Treue wirklich die beste Wahl ist. Vielleicht muß ich mir etwas anderes aussuchen. Barney meint, Ehrlichkeit. Nun such du dir einen aus.«

Ich wollte mir keinen aussuchen. Ich wußte nicht, was ein absoluter Wert war oder wozu ich einen benötigte. Doris spielte einfach nur ein Spiel, und ich wollte es nicht mitspielen. Obwohl mir, als ich über alles nachdachte, bloß »kalt« einfiel. Es war kalt im Oil City, und ich nahm an, daß die Außentemperatur immer noch fiel, und kalt geisterte mir im Kopf herum. Aber kalt war nicht richtig. Es war weder ein absoluter noch sonst irgendein Wert.

»Ich kenn keinen«, sagte ich und überlegte, ob ich gehen sollte.

»Tja«, sagte Doris, und sie redete ganz allgemein, und Barney und ich waren ihr Publikum. »Dann fang ich mal für dich an. Du könntest ›Liebe‹ sagen, okay? Oder du könntest ›schön‹ oder ›Schönheit‹ sagen. Oder du könntest wahrscheinlich sogar die Farbe Rot sagen, was merkwürdig wäre.«

Doris blickte auf ihren Schoß, auf ihr rotes Kleid, und dann zu mir herüber. »›Gedanken‹«, sagte sie. »Das könntest du sagen, auch wenn dir wahrscheinlich nicht viele davon kommen. Aber du kannst nicht einfach nichts sagen. Und du kannst nicht ›Ehe‹ oder ›Ehebruch‹ oder ›Sex‹ sagen. Die sind nicht absolut genug.« Sie schaute kurz zu Barney hinüber und lachte ein schmutziges kleines Lachen.

Der Spielautomat klickte und klingelte im Dunkeln hinten an der Wand. Irgend jemand sagte »Hallo« ins Münztelephon hinten bei den Toiletten. Es war nicht die Art Kneipe, in der ich schon gewesen war. Sie fühlte sich leer an, und sie sah nicht nach einem Ort aus, in den man kam, um sich zu amüsieren.

Ich drehte mich um und sah zu dem einzigen Fenster hinüber. Jenseits des roten Neonschilds fiel der Schnee immer dichter, und ich sah Scheinwerfer langsam vorbeiziehen. Ich fragte mich, ob sich unser Zug wegen des Schnees verspäten würde. Ich hörte draußen zwei Autotüren zufallen und sah zur Tür hinüber, in der Erwartung, daß sie gleich aufgehen würde, aber es passierte nichts.

Barney winkte zur Barfrau hinüber, einem sehr kleinen, dünnen Mädchen, das aussah, als wäre es vielleicht chinesisch. Sie schenkte Barney ein Glas Wein aus einer Flasche von der hinteren Theke ein und ging dann weg. »Mensch, such dir schon einen aus, verdammt noch mal, Lawrence«, sagte Doris plötzlich und starrte mich wütend an. »Ich hab das Theater mit dir allmählich satt. Hätte ich dich doch nur zu Hause gelassen.«
»Kalt«, sagte ich.
»Kalt?« sagte Doris und sah überrascht aus. »Hast du das wirklich gesagt? Kalt?«
»Ja«, sagte ich.
»Hast du das gehört, Benny?« sagte Doris zu Barney.
Barney sah sein Weinglas an, aber er drehte sich zu mir um und sagte: »Laß dich nicht von ihr verrückt machen. Ich kenn mich da aus.«
»Kalt ist kein Wert«, sagte Doris ungeduldig. »Streng mal deinen Kopf ein bißchen an.«
»Tapfer«, sagte ich. »Tapferkeit, mein ich.«
»Na gut«, sagte Doris und nahm ihr Glas, ohne daraus zu trinken. Es war nur noch Eis übrig. Sie saß einen Augenblick da, ohne etwas zu sagen, als denke sie über das nach, was ich mir ausgesucht hatte. »Und wann bist du so besonders tapfer

gewesen?« sagte sie und stülpte sich das Glas auf die Nase.
»Niemals«, sagte ich.
»Dann ist es für dich bloß etwas Abstraktes«, sagte Doris. »Ist es so?«
»Köter fickt Köter«, sagte Barney dann, und er sagte es ernsthaft und an mich gerichtet. Plötzlich packte er meinen Arm mit festem Griff, weit oben, beinahe an der Schulter. »Wenn ich zurückkomme, zeig ich dir, was ich meine«, sagte er. Er hievte sich vom Barhocker, wobei er sich auf meinen Arm stützte, und ging auf den dunklen Teil des Raums zu, an dessen Ende die Toiletten waren und ein Mann immer noch ins Münztelephon sprach. Sein Gang war etwas unsicher, und als er an den Anfang des Korridors kam, hielt er sich an der Ecke fest und drehte sich um und blickte zu uns herüber. »Ich bin an euch beide verschwendet«, sagte er, und er stand einen Augenblick da und sah uns an. Mir fiel auf, daß seine silberne Gürtelschnalle seitlich verschoben war, auf die Art, wie ich es schon bei einigen Männern gesehen hatte. Dann verschwand er einfach in den kleinen Korridor.
»Alle Schiffe müssen sinken«, sagte Doris und winkte nach der Barfrau. Ich stellte mich näher an die Theke und überlegte, wie ich sie dazu bringen

könnte, die Kneipe mit mir zu verlassen, und was Barney mir sagen würde, wenn er zurückkam.

»Ich hab ihm erzählt, mein Name sei Esther«, sagte Doris flüsternd. »Es ist der Name, den ich am allerwenigsten mag. Aber er ist biblisch, und Indianer sind alle so religiös, er mag ihn. Er ist eine ziemliche Flasche, aber ganz witzig.«

Doris starrte auf die Tür, die jenseits der Theke ins Hinterzimmer führte. In der Tür war ein kleines rundes Fenster, wie bei dem Kücheneingang in einem Restaurant. Durch dieses Fenster sah sich ein großes weißes Männergesicht suchend in der Kneipe um. Der Mann hatte einen großen Hut auf, dessen Krempe man teilweise sah. »Sieh dir das an«, sagte Doris. Sie starrte auf das Fenster, und das Männergesicht starrte zurück. »Was meinst du, wen der hier wohl sucht?«

Das Männergesicht verschwand nach einem Moment, aber die Tür wurde langsam aufgezogen und der Mann, den wir eben gesehen hatten, schaute in die Kneipe hinein, begleitet von einem weiteren Mann, der in der Dunkelheit genau hinter ihm stand. Er hatte eine Sheriffuniform an. Er sah erst in die eine Richtung und dann in die andere. In der rechten Hand hielt er eine große silberne Pistole mit langem Lauf, und er hatte einen schweren

Mantel mit einem Abzeichen an und schwere Gummistiefel, in die er die Hosenbeine hineingestopft hatte. Ich konnte sehen, daß der Mann hinter ihm auch ein Sheriff war, wenn auch jünger, nicht viel älter als ich, und er hatte ein Gewehr mit kurzem Lauf, das er mit beiden Händen ziemlich hoch vor seinem Körper hielt, den Lauf nach oben gerichtet.

Keiner der beiden sagte etwas. Sie kamen einfach sehr behutsam in den Raum hinein und schauten sich dabei um, als erwarteten sie, von etwas überrascht zu werden. Die kleine Barfrau bemerkte sie und blieb ganz still stehen und starrte sie an, ohne etwas zu sagen. Und Doris und ich schwiegen auch. Ich hörte, wie einer der zwei oder drei Indianer im anderen Teil des Raums sagte: »Dieser Automat mag mich.« Dann hörte ich, wie die vordere Tür der Kneipe aufging, und fühlte kalte Luft hereinfließen. Und draußen standen drei weitere Deputys, alle in Hüten und schweren Mänteln, alle mit Gewehren. Und es war ein seltsames Gefühl, in dieser Kneipe zu sein. Ich hatte keine Angst, aber ich wußte, daß gleich etwas Ernsthaftes losgehen und daß ich mittendrin stecken würde. Keiner der Männer sah mich oder Doris an. Sie sahen zu den Indianern hinüber, und dann

begegneten sich ihre Blicke, und plötzlich wirkten sie nervös, als ob sie selbst nicht wüßten, was jetzt passieren würde.
Einer der Männer – ich weiß nicht, welcher – sagte: »Ich seh ihn nicht, Neal, siehst du ihn?«
Der Mann mit der Pistole sagte: »Schau im Klo nach.«
Und dann sagte Doris, ohne jeden Anlaß: »Barney ist im Klo.« Und sie zeigte dorthin, wo Barney ein paar Minuten zuvor verschwunden war.
Und gleich darauf, als hätte Doris das Zeichen gegeben, durchquerten zwei Deputys vom Vordereingang auf Zehenspitzen den Raum und erreichten schnell den kleinen dunklen Korridor, wo das Münztelephon und der Eingang zu den Toiletten waren. Ein Deputy packte den Mann, der am Telephon gesprochen hatte, nun aber aufgehört hatte zu sprechen und einfach mit dem Hörer in der Hand dastand, und schob ihn aus dem Weg in den großen Raum hinein. Dann stellten die beiden Deputys sich rechts und links des Korridors auf und richteten ihre Gewehre dorthin, wo vermutlich die Toilettentüren waren. Und die anderen drei Deputys fingen an, uns etwas zuzuflüstern und mit den Gewehren Zeichen zu machen. »Legt euch hin, legt euch sofort hin«, sagten sie.

Und das taten wir alle, alle zusammen. Ich legte mich auf den Bauch, drückte meine Wange an die nassen Bodendielen und hielt den Atem an. Doris legte sich neben mich. Am Boden spürte man Bewegung, und die anderen legten sich auch hin, aber ich konnte Doris durch die Nase atmen hören, und ich konnte sie riechen. Sie gab ein kleines grunzendes Geräusch von sich und packte meine Hand und drückte sie. Ihre Brille war heruntergerutscht, aber sie sagte nichts. Ihre Augen waren zugepreßt, und ich zog mich zu ihr hinüber und legte meinen Arm über sie, obwohl ich nicht wußte, wie ich sie beschützen sollte, wenn etwas Schlimmes geschah, und so kam es auch, aber es geschah weder mir noch ihr.

Irgend jemand – es muß der Mann mit der Pistole gewesen sein – rief dann mit der lautesten Stimme, die ich je gehört hatte: »Barney. Verdammt noch mal. Komm aus dem Klo raus. Hier spricht Neal Reiskamp. Hier spricht der Sheriff. Ich hab Leute mit Gewehren hier. Also komm einfach raus. Du kannst mir nicht entkommen.«

Einer der Deputys, der ganz in meiner Nähe stand, bewegte sich schnell, sprang beinahe dorthin, wo er nun hinter den beiden Männern vor dem Korridor

stand, und auch er richtete sein Gewehr auf die Toilettentüren.
»Ich brauch hier Licht«, sagte der Mann, der geschrien hatte, mit immer noch lauter Stimme. »Ich kann da drin nichts sehen.«
Ein anderer Deputy rannte dann zur vorderen Tür hinaus. Sie hatte offengestanden, und Schnee war mit der Kälte hereingetrieben. Ich hörte seine Stiefel draußen auf dem Schnee und dann, wie eine Autotür geöffnet wurde. Ich wollte nicht aufblicken, aber ich konnte Füße über den Holzboden scharren hören. Die Holzmaserung drückte sich in meine Wange, und ich legte meinen Arm fest um Doris, bis sie wieder ein kleines grunzendes Geräusch von sich gab, aber sie öffnete ihre Augen nicht. Die sich drehende Bierwerbung über der Jukebox warf einen farbigen Widerschein über den Boden.
Von Barney hörte man nichts. Und ich fragte mich, ob er überhaupt noch in der Toilette war oder ob er aus einem Fenster gestiegen war oder aus einer anderen Tür oder sogar – und das erschien mir beinahe wie ein Traum, den ich eben in jenem Moment träumte. Ich fragte mich, ob er vielleicht durch eine Falltür in den Speicher hinaufgestiegen und nun genau über uns war, in irgendeinem verlassenen

Zimmer im Dunkeln hin und her lief und sich überlegte, wie er entkommen, wie er diese Sache heil überstehen konnte. Ich dachte sogar an seine Frau, wie man ihr Geld und Schmuck gestohlen hatte. Und ich dachte an meinen Vater – bloß an sein Gesicht neben unserem Haus, draußen bei Dutton, und ich versuchte, mir das Gesicht meiner Mutter vorzustellen, aber es gelang mir nicht.

Und dann hörte ich ein Geräusch, als bewegten sich noch mehr Füße über die Dielen, als würde irgend etwas oder irgend jemand an irgend etwas geschlagen, eine Wand vielleicht. Der Deputy, der hinausgerannt war, kehrte mit einer großen schwarzen Taschenlampe zurück.

»Halt das verdammte Ding da rein«, sagte der Mann, der zuerst gesprochen hatte. »Nein. Höher. Noch höher, verdammt.« Das Hämmern ging irgendwo weiter. Zuerst klang es wie Metall, und dann hörte ich Glas splittern. Dann noch mehr Hämmern. »Barney!« rief der Sheriff sehr laut. »Barney!« Das Hämmern ging weiter. Die kleine Barfrau, die hinter der Theke auf dem Boden gewesen sein muß, fing an, ein hohes Geräusch zu machen. »Iiiiiiih«, so in der Art. Sie weinte, und ich wußte, daß das Hämmern ihr Angst eingejagt hatte, weil es mir Angst einjagte, und ich fühlte meine

Kiefer fest aufeinandergepreßt, und meine beiden Fäuste waren geballt. Und dann folgte noch mehr Hämmern, und ich hob den Kopf und sah, daß zwei Sheriffs immer noch ihre Gewehre in den Korridor auf etwas richteten, was ich nicht sehen konnte. Sie standen mit gespreizten Beinen da, und der Mann mit der Taschenlampe kauerte hinter ihnen und leuchtete zwischen den Beinen von einem der Männer hindurch.

Dann sagte Doris: »Ich bin ganz naß, Lawrence.« Sie öffnete plötzlich die Augen und starrte mich an, dann kniff sie die Augen wieder zusammen und zog die Nase kraus. Und dann ertönte aus dem Korridor, wo die Männer des Sheriffs wachten und ihre Gewehre hineinrichteten, ein sehr lautes krachendes, splitterndes Geräusch, als sei eine Tür eingetreten oder herausgerissen worden – was dann auch tatsächlich die Ursache des Geräuschs gewesen war, wie ich später selbst feststellte. Und dann gab es weiteren Lärm, den ich nicht näher bestimmen konnte und von dem ich nicht einmal zu sagen wüßte, wodurch er verursacht wurde, obwohl ich aus irgendeinem Grund dachte, daß Barney nach etwas trete, auch wenn es ein metallenes Geräusch war. Aber was immer es gewesen sein mag – der Deputy, der die Taschenlampe hielt, sprang plötzlich zurück und beiseite, und der Lichtstrahl tanzte wie verrückt an der Decke umher, als das lange schwarze Gehäuse auf dem Boden aufprallte. Und dann schossen die beiden anderen fast gleichzeitig, direkt in den kleinen Korridor, in die Dunkelheit hinein. Und der gelbe Blitz der beiden feuernden Gewehre und das Geräusch, das sie innerhalb der Kneipe machten, waren furchtbar. Ich sah Bilder irgendeiner Stadt in Europa, die nachts von Flugzeugen bombardiert wurde. Explosionen, die begleitet wurden von Funkenregen und aufzüngelnden Flammen und lauten Schlägen, lauter, als ich je zuvor etwas gehört hatte. Mir war eiskalt, und meine Ohren waren taub, und auf meinem Hirn und meinen Augäpfeln lastete ein Druck, als preßte Luft gegen sie, und überall im Raum war Staub, und Staub fiel von der Decke, und es roch nach Schießpulver. Als die Gewehre losgingen, spürte ich, wie Doris zusammenzuckte, und sie drückte meine Hand, daß ihr Ehering in meinen Knöchel schnitt und ins Fleisch stach.

»Okay«, hörte ich Barney mit einer lauten, seltsamen Stimme zu den Polizisten sagen. »Ich bin jetzt ganz zerschossen. Ihr habt mich zerschossen. Ihr habt auf mich geschossen. Ich fühl mich nicht gut.«

Zwei weitere Deputys – sie hatten nicht geschossen – rannten dann in den kleinen Korridor, genau vor Doris und mir, und ein dritter kniete sich neben den Mann, der die Taschenlampe gehalten hatte und nun sagte: »Ich bin in Ordnung. Mich hat's nicht erwischt.« Sein weißer Hut lag auf dem Boden, und die Taschenlampe lag zwischen mir und den Deputys, die geschossen hatten. Ich hörte die Barfrau sagen »O Gott«, obwohl ich sie nicht sehen konnte.

Und dann sagte Barney – es muß Barney gewesen sein – mit fast gelassener Stimme: »Wie geht's?« Dann schrie er: »Ohhhh!« Und dann sagte er: »Hört auf! Hört auf!« Und dann schwieg er.

Die beiden Männer, die auf Barney geschossen hatten, bewegten sich nicht und richteten ihre Gewehre in den kleinen Korridor, als wollten sie noch öfter schießen. Ihre beiden Gewehre hatten je eine Patronenhülse ausgeworfen, die ebenfalls auf dem Boden lagen.

Ich hörte den Sheriff, der hinter uns allen stand, ohne Hut und mit der Pistole in der Hand – als hätte er jetzt noch mehr Angst –, laut sagen: »Vorsichtig. Seid vorsichtig. Er ist nicht tot. Er ist nur getroffen. Nur getroffen.« Ein Deputy, der auf der anderen Seite des Zimmers gestanden hatte, ging plötzlich in den Korridor hinein und stellte sich vor den Männern mit den Gewehren auf. »Barney, du Hundesohn«, hörte ich ihn sagen, »bleib da liegen.« Aber von Barney hörte man nichts. Ich hörte hinter mir Füße scharren, und als ich hochschaute, gingen die beiden Indianer vom anderen Ende des Raumes durch die vordere Tür in den Schnee und die Dunkelheit hinaus. Ich sah draußen Autoscheinwerfer, und in der Ferne hörte ich eine Sirene, dann das Geräusch eines Funkgeräts und die Stimme einer Frau, die sagte: »Stimmt wahrscheinlich. Aber ich kann's nicht sicher sagen. Das müßt ihr noch mal überprüfen. Zehn-vier.«

Ich sah Doris an, und ihre Augen waren weit offen, ihre Wange flach an den naßen Holzboden gedrückt. Ihr Mund war schmal, als meinte sie, es könne noch etwas passieren, aber sie hielt meine Hand nicht mehr ganz so fest in ihrer. Ihr Ring löste sich von meinem Knöchel, und sie atmete tief durch und sagte: »Sie haben ihn getötet. Das ist es. Sie haben ihn übern Haufen geschossen.« Ich antwortete nicht, weil meine Kiefer immer noch fest zusammengedrückt waren, und ich dachte, daß sie wahrscheinlich recht hatte mit dem, was sie sagte. Ich wollte überhaupt nicht darüber reden. Ich war nahe an dem gewesen, was vorgefallen war, aber ich hatte nicht wirklich teilgenommen. Es war alles Barney und den Polizisten geschehen, die auf ihn geschossen hatten, und ich tat besser daran – so dachte ich zumindest –, mich soweit wie möglich fernzuhalten und nicht einmal darüber zu sprechen.

Nach einigen Minuten kam einer der Männer des Sheriffs und half uns, aufzustehen und zu dem Tisch an der Wand zu gehen. Plötzlich waren viele Polizisten im Raum. Die Tür nach draußen blieb geöffnet, und zwei Offiziere der Highway Patrol und noch mehr Deputys und zwei Indianer, die auch bei der Polizei waren, gingen ein und aus. Andere Menschen waren draußen, ich konnte ihre Stimmen hören. Mehr Autos mit Funkgeräten fuhren vor der Kneipe vor, und auch ein Krankenwagen. Zwei Männer in orangenen Overalls kamen herein und gingen mit schwarzen Sanitäterkoffern in den kleinen Korridor. Ich hörte, wie irgend jemand sagte: »No problema aqui.« Und dann sagte der Sheriff: »Mach schon und unterschreib das jetzt hier.« Barney sagte nichts mehr, was ich hörte. Und nach ein paar Minuten gingen die Sanitäter wieder. Einer von ihnen lächelte über irgend etwas, aber ich glaubte nicht, daß es etwas mit dem zu tun hatte, was passiert war. Es mußte irgend etwas anderes sein.

»Ich friere«, sagte Doris über den kleinen Tisch zu mir. »Du nicht?« Sie hatte ihre Brille gefunden und wieder aufgesetzt, und sie zitterte. Aber kaum daß sie das gesagt hatte, kam derselbe Deputy herein und brachte ihr eine Decke und für mich auch eine, obwohl mir nicht so kalt war oder ich es nicht spürte. Meine Nase lief bloß, das war alles, und mein Mantel war vorn ganz naß.

Aus irgendeinem Grund nahmen dann zwei Deputys die Barfrau mit. Ich konnte hören, wie sie zum Auto gebracht wurde, und dann, wie sie wegfuhren. Und dann wurde die Deckenbeleuchtung der Kneipe angeschaltet, und ein Mann mit einer Kamera kam herein und machte Photos in dem Korridor, wobei er ein Blitzgerät benutzte. Dann kam er wieder heraus und machte Photos von dem Raum selbst, auch eines, auf dem Doris und ich zu sehen waren, in unsere Decken gehüllt.

Nach etwa zehn Minuten, während wir dasaßen und warteten, kamen noch zwei Sanitäter zur Tür herein, und sie hatten eine Bahre auf Rädern bei sich. Sie schoben sie in den Korridor, und wahrscheinlich hoben sie Barney hoch und legten ihn drauf, denn sie schoben sie durch die Kneipe hinaus, genau an uns vorbei, und er muß darauf gelegen haben, von einem Laken bedeckt, durch das Blut sickerte. Einer der Männer hatte Barneys weißen Bauarbeiterhelm mit dem Burlington-Northern-Logo in der Hand, und ich konnte tatsächlich ein Stück seines Pferdeschwanzes unter dem Rand des Lakens erkennen. Ich saß mit dem Rücken zum Ganzen, und ich mußte mich umdrehen, um das alles sehen zu können. Aber Doris sah nicht hin. Sie saß da, in ihre Decke eingewickelt, und starrte auf die Tasse Kaffee, die der Deputy ihr gebracht hatte. Als die Bahre vorbeigerollt worden war, fragte sie: »War er das?«

Ich sagte: »Ja.«

Sie sagte: »Das hab ich mir gedacht.«

Dann kam nach ein paar Minuten ein großer Mann in einem hellgrauen Anzug und Westernstiefeln und einem Cowboyhut herein und sah sich im Raum um. Er sah sehr sauber und ordentlich aus und hatte blasse Haut und dünnes Haar und eine ungesunde Gesichtsfarbe, und zunächst blickte er nur kurz zu uns herüber, bevor er hinter die Theke schaute und in das Hinterzimmer, aus dem die Deputys gekommen waren. Er sah in den Korridor, in dem Barney gewesen war, und in die Männertoilette – obwohl ich ihn dabei nicht beobachten konnte. Er sagte etwas zum Sheriff, der seinen Hut wieder aufgesetzt hatte, dann trug er einen Stuhl an unseren Tisch herüber und setzte sich.

Er holte einen kleinen Spiralblock hervor und schrieb etwas mit Kugelschreiber. Dann sagte er: »Ich bin Arny Petersen. Ich bin der Staatsanwalt von Toole County. Ich würde gerne ein paar Sachen von Ihnen erfahren.«

»Wir wissen nichts«, sagte Doris. »Wir sind nicht von hier. Wir sind auf dem Weg nach Seattle. Wir sind nur auf der Durchreise.« Sie hatte sich die Decke über die Schultern gelegt und hielt die Zipfel mit den Händen zusammen.

»Kannten Sie den Verstorbenen?« fragte der Staatsanwalt, ohne Doris zu antworten, und ich begriff, daß sie Barney von nun an so nennen würden. Der Staatsanwalt hatte eine winzige Anstecknadel an seinem Mantelrevers, ein silbernes Paar Handschellen, und als er sich hinsetzte, sah ich, daß er unter seinem Mantel ein ledernes Pistolenholster trug. Er nahm den Hut nicht ab, während er mit uns sprach.

»Nein«, sagte Doris, »wir haben ihn nicht gekannt.«

»Hast du ihn gekannt?« sagte er zu mir.

»Nein, Sir«, sagte ich.
»Hat einer von Ihnen mit ihm geredet?« fragte der Staatsanwalt und schrieb etwas auf seinen Notizblock.
»Ich hab versucht, mit ihm zu reden«, sagte Doris. »Praktisch durch Zufall. Aber er hatte wohl keine Lust, sich zu unterhalten.« Sie sah mich an und blickte sich dann aus irgendeinem Grund in der ganzen Kneipe um, die mit der angeschalteten Deckenbeleuchtung größer und noch schmutziger wirkte. »Hatte er irgendeine Waffe bei sich?« fragte sie. »Ich hatte so das Gefühl.«
»Hat er irgend etwas über seine Frau gesagt?« war alles, was der Staatsanwalt darauf antwortete.
»Er hat gesagt, daß sie irgendwann überfallen worden sei. Das hat er gesagt.«
Der Staatsanwalt hörte auf zu schreiben und sah Doris einen Moment lang an, als ob er erwarte, daß sie noch etwas hinzufügte. Dann fragte er: »Hat er dazu noch etwas gesagt?« Und dann fing er wieder an zu schreiben.
»Nein, Sir«, sagte Doris. »Hat er nicht. Lawrence war natürlich zu der Zeit nicht hier. Er kam erst gegen Ende rein.«
»Gegen Ende wovon?« sagte der Mann. Er hatte mächtige Hände mit einem großen goldenen und

roten Ring am Finger. Der Stift, den er benutzte, wirkte klein zwischen seinen Fingern.

»Am Ende unserer Unterhaltung, als wir an der Theke nebeneinander saßen. Bevor er zur Toilette ging«, sagte Doris.

»Wie heißt du?« sagte der Staatsanwalt zu mir, und ich antwortete ihm. Er fragte Doris nach ihrem Namen und schrieb ihn zusammen mit unseren Adressen auf. Er fragte, wie wir miteinander verwandt seien, und Doris sagte, sie sei meine Tante und meine Mutter sei ihre Schwester. Er sah mich an, als ob er mich etwas fragen wollte, dann fuhr er mit dem stumpfen Ende seines Kugelschreibers über seine rauhe Wange, wo seine Haut besonders schlecht war, und schien es sich anders zu überlegen.

»Hat der Verstorbene irgend etwas zu Ihnen gesagt, nachdem er zur Toilette gegangen war?« fragte der Staatsanwalt.

»Dazu hatte er keine Zeit mehr«, sagte Doris. »Sie haben ihn erschossen.«

»Verstehe«, sagte der Staatsanwalt, obwohl ich mich daran erinnerte, was Barney gesagt hatte und wie seltsam es gewesen war. Ich erwähnte es nicht. Der Staatsanwalt schrieb noch etwas auf und klappte seinen Notizblock zu. Er nickte und steckte den Kugelschreiber in die Innentasche seines Mantels. »Wir melden uns, wenn wir Sie brauchen«, sagte er. Er schien Doris zulächeln zu wollen, tat es dann aber doch nicht. »Okay?" fügte er hinzu. Er nahm eine Karte aus seiner Tasche und legte sie auf den Tisch. »Ich möchte, daß Sie meine Karte behalten und mich anrufen, falls Ihnen etwas einfällt, was Sie Ihren Aussagen hinzufügen wollen.«

»Was war denn mit ihm los?« fragte Doris. »Er hat gesagt, er wär in Fort Harrison gewesen, aber ich wußte nicht, ob ich ihm das glauben sollte oder nicht.«

Der Anwalt stand auf und steckte den Notizblock in seine hintere Hosentasche. »Ich nehme an, er und seine Frau sind aneinandergeraten. Das ist alles, was ich darüber gehört habe. Sie gilt zur Zeit als vermißt.«

»Es tut mir leid, daß all das passiert ist«, sagte Doris mitfühlend.

»Fahren Sie beide nach Seattle?« fragte er, ohne zu lächeln, obwohl er zu mir sprach.

»Ja«, sagte Doris. »Seine Mutter lebt dort.«

»Es wird morgen dort drüben wärmer sein als hier bei uns«, sagte er. Er sah sich nach einem der Deputys um, der darauf gewartet hatte, daß er mit seinem Verhör fertig war, und dann ging er einfach weg, ging einfach auf den Mann zu und sprach neben der Theke mit ihm. Einmal sah er zu uns herüber, als spreche er über uns, aber nach einer Minute ging er hinaus, und ich konnte seine Stimme hören, und dann hörte ich, wie ein Auto angelassen wurde und wegfuhr.

Doris und ich blieben noch zehn Minuten am Tisch sitzen, während die Deputys und ein Offizier der Highway Patrol an der Theke standen und sich unterhielten. Ich überlegte, ob ich zur Stelle hinübergehen sollte, an der Barney erschossen worden war, aber ich wollte nicht allein aufstehen, und ich wollte Doris nicht bitten, mit mir zu gehen, und dann, als wir noch einen Augenblick dagesessen hatten, sagte Doris: »Wir dürfen wohl gehen.« Sie stand auf und faltete die Decke zusammen, die sie um die Schulter gehabt hatte, und legte sie auf den Tisch, und ich stand auf und legte meine genauso zusammen. Sie ging zur Theke und suchte ihr Geld und ihren Mantel und ihre Handtasche und die Schlüssel zusammen. Barneys Arbeitshandschuhe lagen noch auf der Theke, und ich bemerkte, daß eine Literflasche Whiskey auf dem Boden unter dem Hocker stand, auf dem Barney gesessen hatte, und daß eine leere Patronenhülse gleich daneben lag. Einer der Deputys sagte etwas zu Doris und lachte, und Doris sagte: »Ich bin bloß auf einen Drink reingekommen«, und lachte auch. Ich ging dann schnell zu der Stelle, wo die Männer mit ihren Gewehren in den kleinen Korridor hineingeschaut hatten. Und was ich sah, war die Toilettentür, die aus dem oberen Scharnier herausgebrochen war und am unteren baumelte, und grelle Lichter, die in die Toilette hineinleuchteten. Aber sonst nichts. Keine Löcher in der Wand oder sonstige Spuren. Ich konnte nicht einmal irgendwo Blut sehen, obwohl ich mir sicher war, daß irgendwo Blut gewesen sein mußte, da ich auf dem Laken Blut gesehen hatte, als Barney hinausgeschoben wurde. Es war dort einfach leer, beinahe als wäre gar nichts geschehen.

Doris kam zu mir herüber, während sie ihre Sachen in die Tasche packte, und sagte »laß uns von hier abhauen«, und sie zog mich am Arm, und dann gingen wir zwei zur Tür des Oil City hinaus, ohne irgend etwas zu irgend jemandem zu sagen, hinaus in die kalte Nacht, wo neuer Schnee lag und immer noch langsam heruntergetrieben kam.

Alle Geräusche draußen waren gedämpft. Auf der

anderen Seite des Rangierbahnhofes lagen die dunklen Rückseiten der Geschäfte auf der Main Street von Shelby, und zwischen ihnen konnte ich die Weihnachtsbeleuchtung und ein großes gelbes Motelschild und die Scheinwerfer der umherfahrenden Autos sehen, und ich konnte Autohupen und das Signal einer Rangierlok hören. Zwei Polizeiautos parkten mit laufendem Motor und ausgeschalteten Lichtern vor der Kneipe, und zwei Frauen standen auf der anderen Straßenseite im Schnee und beobachteten die Tür, um zu sehen, was als nächstes passieren würde. Einer der Jungen, die ich gesehen hatte, als ich meiner Mutter im Drugstore das Geschenk gekauft hatte, redete mit einer der Frauen, die Hände in den Taschen seiner Shelby-Jacke vergraben. Ich wußte nicht, was ihrer Meinung nach als nächstes passieren würde, vielleicht, daß es noch mehr Aufregung geben würde. Aber was ich annahm, war, daß bald jemand käme und die Kneipe schlösse und daß dann alles vorbei wäre. Ich dachte, sie würde vielleicht gar nicht wieder aufgemacht, weil sie ein so gefährlicher Ort war. Mein Vater, dachte ich, hatte recht gehabt, als er sagte, solche Orte wie das Oil City, seien Orte, wo es einen lediglich hinverschlug und die Dinge nie gut ausgingen.

Doris blieb auf dem Bürgersteig stehen, ohne etwas zu sagen. Sie hatte die Arme vor der Brust verschränkt und die Hände daruntergesteckt, um sie zu wärmen. Ihr Kinn zeigte nach unten, ihre roten Lackschuhe waren schneebedeckt, und sie schien über etwas nachzudenken, was ihr erst jetzt, da sie draußen stand, in den Sinn gekommen war. Sie schaute auf den kleinen Bahnhof am Ende der Straße, dessen Fenster gelb erleuchtet waren. Das Taxi, das vor dem Oil City gestanden hatte, war nun hinter dem Bahnhof geparkt, das rote Schild auf seinem Dach leuchtete schwach. Andere Autos waren auf den Platz gefahren, so daß ich Doris' Auto nicht sehen konnte. Meine Füße wurden allmählich kalt, und ich wollte zum Bahnhof gehen und drinnen auf den Zug warten. Bis zur Abfahrt war es nur noch eine Stunde.
»Das war so ein verdammtes Pech, es macht mich ganz krank«, sagte Doris, zog die Schultern hoch und preßte die Ellenbogen an ihren Körper. »Aber es geht natürlich nicht darum, was passiert, sondern darum, was man aus dem macht, was passiert ist.« Sie sah zu den beiden anderen Kneipen des Häuserblocks hinüber, die genauso aussahen wie das Oil City – dunkel, Holzfassaden mit roter Leuchtreklame in den Fenstern. »Ich hab Schlangen

in den Stiefeln«, sagte sie, »wie die Iren sagen«, und sie spuckte aus. Sie spuckte einfach auf die Straße in den Schnee. Ich hatte noch nie gesehen, daß eine Frau so etwas tat. »Hast du deinen Vater jemals sagen hören, er hätte Schlangen in den Stiefeln, als er noch trank?«

»Nein«, sagte ich.

»Es heißt, du brauchst noch ein Glas. Aber ich glaube nicht, daß ich heute noch eine Kneipe von innen sehen möchte. Ich muß mich mal in mein Auto setzen und etwas zur Ruhe kommen.« Im Oil City fing die Jukebox an zu spielen, und es schallte laut in die Nacht hinaus. »Hältst du's aus, dich ein bißchen zu mir zu setzen? Du kannst auch im Bahnhof auf mich warten, wenn du willst.« Sie lächelte mich auf eine Weise an, daß sie mir leid tat. Ich dachte, sie müsse traurig sein über das, was Barney passiert war, so wie auch ich traurig war, und ich dachte, sie fühle sich vielleicht verantwortlich für das, was ihm passiert war. Auf dem Bahnsteig vor der Station standen zwei Männer in schweren Mänteln und unterhielten sich. Eine Rangierlok bewegte sich langsam an ihnen vorbei. Ich wollte dorthin gehen und mich aufwärmen.

Aber ich sagte: »Nein, ich komm mit dir.«

»Wir müssen nicht sehr lange bleiben«, sagte Doris. »Ich möchte nur eine Weile niemanden sehen. Ich werde mich in ein, zwei Minuten beruhigen. Okay?« Sie fing an, mitten auf der Straße durch den Schnee zu laufen. »Die alltäglichen Heldentaten«, sagte sie zu mir und lächelte mich wieder an.

Doris' rosa Auto war schneebedeckt und stand umgeben von anderen Autos, die inzwischen hinter dem Bahnhof geparkt hatten. Sie ließ sofort den Motor an und drehte die Heizung auf, aber sie schaltete die Scheibenwischer nicht ein, so daß wir in der stillen Kälte saßen, während die Heizung kalte Luft auf unsere Füße blies, und wir konnten nicht hinaussehen, konnten nur die verschwommenen Lichter des Bahnhofs sehen, als wären sie auf das überfrorene Fenster gemalt.

Doris legte die Hände in den Schoß und zitterte und stampfte mit den Füßen und drückte das Kinn auf die Brust und blies Eisrauch in die Luft. Ich saß einfach nur da und sagte nichts, die Hände in den Taschen, und versuchte, ganz ruhig zu sein, bis ich fühlte, daß die Luft warm hereinblies. Die Vorderseite meines Mantels war immer noch naß.

»Doppelt schaurig«, sagte Doris und schob das Kinn tief in ihren Mantel. Sie sah blaß aus, als ob ihr schlecht gewesen wäre, und ihr Gesicht wirkte schmal und ihre Augen müde. »Weißt du, wenn man zu Silvester fernsieht, und die Figuren aus den Seifenopern hören mitten in der Sendung auf und drehen sich zur Kamera und wünschen einem ein gutes neues Jahr. Hast du das mal gesehen?«

»Nein«, sagte ich, weil ich noch nie eine Seifenoper gesehen hatte.

»Tja, das machen sie aber. Das kannst du mir glauben«, sagte Doris. »Das ist während des ganzen Jahrs mein Lieblingsmoment in den Seifenopern. Ich sehe sie mir geradezu hingebungsvoll an. Sie schlüpfen einfach einen Moment lang aus ihrer Rolle, und dann schlüpfen sie wieder hinein und machen weiter. Das ist wirklich großartig.«

»Wir gucken an dem Tag immer Football«, sagte ich und krallte die Zehen zusammen, weil mir kalt war, und ich fragte mich, ob die Auspuffgase bis hierhin, wo wir saßen, eindringen konnten. Ich versuchte herauszufinden, ob ich allmählich müde wurde, aber ich war nicht müde. Mein Kiefer war steif, weil ich in der Kneipe die Zähne so fest zusammengebissen hatte, aber ich hörte mein Herz in der Brust hämmern, als ob ich gerannt wäre, und in meinen Beinen oberhalb des Knies kribbelte es.

»Dafür interessierst du dich also, für Football?«
»Nein«, sagte ich. »Jetzt nicht.«
»Du bist nun also bereit, dein Leben zu beginnen, nehm ich an.«
»Ich hab es schon begonnen«, sagte ich.
»Heute abend mit Sicherheit«, sagte sie. Sie klappte den Sonnenschutz herunter, wo sie den Schnaps aufbewahrte, und schraubte die Flasche auf und nahm einen Schluck. »Ich hab einen sauren Geschmack im Mund«, sagte sie. »Willst du auf den alten Barney trinken?« Sie hielt mir die Flasche hin, und ich konnte den Schnaps riechen.
»Nein danke«, sagte ich und nahm die Flasche nicht.
»Den armen Toten und unseren abwesenden Freunden zu Ehren«, sagte sie und nahm noch einen Schluck. Die Heizung blies jetzt wärmer.
»Warum hast du der Polizei erzählt, daß er in der Toilette war?« sagte ich, weil sie das getan hatte und ich nicht wußte, weshalb. Ich dachte, daß Barney vielleicht überlebt hätte, wenn er nicht dort drinnen gestellt worden wäre und Angst bekommen hätte. Er könnte jetzt vielleicht schlafend im Gefängnis liegen, nicht tot. Ich fragte mich immer noch, was er mir gesagt hätte, wenn er von der Toilette zurückgekommen wäre.

»Was passiert ist, habe ich nicht gewollt«, sagte Doris. »Wenn sie mit ihm in der Indianersprache gesprochen hätten, wäre sowieso nichts von all dem passiert. Sie haben es einfach nicht gewußt. Es war eine Sache gegenseitigen Mißtrauens.« Dann sagte sie irgend etwas, was Indianersprache gewesen sein muß, irgend etwas, was einfach wie rückwärts gelesene Wörter klang, nicht wie etwas, was man falsch gehört oder mißverstanden hat. »Weißt du, was das heißt?« sagte sie.

»Nein«, sagte ich.

»Es heißt, ›Hände hoch und langsam rauskommen, und ich werde dich nicht töten‹, in der Sprache der Gros Ventre. Oder irgend so was Ähnliches. Sie haben kein richtiges Wort für ›Hände hoch‹. Barney hätte das verstehen können, wenn er ein Gros Ventre gewesen wäre.«

»Warum hast du es ihnen erzählt?« sagte ich.

»Ich wollte nicht, daß er erschossen wird.« Doris sah mich an, als ob sie überrascht sei. »Hältst du mich für schlecht, weil ich das gemacht habe?«

»Nein«, sagte ich, obwohl es nicht ganz stimmte.

»Er hat seine Frau umgebracht. Da bin ich mir ganz sicher. Sie werden sie heute nacht irgendwo drüben in Browning finden, totgeprügelt oder erstochen oder verkohlt in einem Graben. So kommt's dann.

Sie hatte wahrscheinlich einen Freund. Die Polizei hat ihn schon gesucht, ich hab's in dem Moment gewußt, als er sich neben mich setzte. Die Leute riechen förmlich nach so was.« Sie blies noch mehr Eisrauch in die Luft. »Ich glaube, die Heizung läuft nicht gerade auf Hochtouren«, sagte sie und drehte den Knopf hin und her. »Fühl mal meine Hände.« Sie legte ihre kleinen Hände zusammen und hielt sie mir hin, und sie waren kalt und fühlten sich hart an. »Meine Hände sind das Schönste an mir, glaube ich«, sagte Doris und sah auf ihre ineinander verschlungenen Hände. Dann sah sie auf meine Hände und berührte die Stelle, wo sich ihr Ehering in meinen Knöchel gebohrt hatte. »An dir ist deine Haut das Schönste«, sagte sie und sah mir dann ins Gesicht. »Du siehst im Gesicht wie deine Mutter aus, und du hast die Haut deines Vaters. Du wirst wahrscheinlich mit der Zeit aussehen wie er.« Sie schob sich näher an mich heran. »Mir ist so kalt, Liebling«, sagte sie und drückte ihre beiden zusammengefalteten Hände an meine Brust und ihr Gesicht an meine Wange. Die Haut ihres Gesichts war kalt und steif und nicht sehr weich, so wie ihre Hände sich anfühlten, und ihr Brillengestell war auch kalt. In ihrem Haar hing der Geruch von Schweiß. »Ich fühle mich taub, und du bist so

warm. Dein Gesicht ist warm.« Ich konnte fühlen, daß meine Wange warm war. »Du mußt mich aufwärmen«, flüsterte sie in mein Ohr. »Bist du heldenhaft genug, das zu tun? Oder bist du auf dem Gebiet ein Feigling?« Sie legte mir die Hände um den Nacken und schob sie unter meinen Kragen, und ich wußte nicht, was ich mit meinen Händen tun sollte, aber ich umarmte sie und fing an, sie eng an mich zu ziehen, und fühlte, wie ihr Gewicht sich gegen meines preßte und ihre Beine gegen meine kalten Beine. Ich fühlte ihre Rippen und ihren Rücken – hart, genauso wie in der Kneipe auf dem Fußboden. Ich fühlte sie unter ihrem Mantel atmen, konnte an ihrem Atem riechen, was sie gerade getrunken hatte. Ich schloß die Augen, und sie sagte zu mir, fast als täte ihr irgend etwas leid: »O je. Du hast alles. Ja, so ist es, du hast einfach alles.«
»Was?« fragte ich. »Was ist?«
Und sie sagte: »Nein, nein.« Das war alles, was sie sagte. Und dann sagte sie eine Weile gar nichts mehr.

Später in jener Nacht saß ich Doris in unserem Zugabteil gegenüber, während draußen die dunkle

Welt in einem Schneeschleier vorbeizog. Sie hatte sich das Gesicht gewaschen und ihre Brille geputzt und etwas Parfüm aufgelegt, und ihr Gesicht hatte wieder Farbe bekommen, war etwas gerötet, und sie sah hübsch aus, obwohl ihr rotes Kleid vorn fleckig war, weil wir in der Kneipe auf dem nassen Boden gelegen hatten. Wir saßen eine Weile da und sahen aus dem Fenster, ohne zu sprechen, und ich sah, daß Doris ihre Nylonstrümpfe abgestreift hatte und ihre Ohrringe und daß ihre Hände tatsächlich schön waren. Ihre Finger waren lang und dünn, und auf den Nägeln war kein Lack, und sie sahen natürlich aus.

Vom Bahnhof aus hatte ich meinen Vater angerufen. Ich meinte, daß ich ihm von Barney erzählen sollte und davon, was in der Kneipe passiert war, und daß ich okay sei, obwohl ich wußte, daß ich es ihm womöglich falsch erklären würde und er beschließen könnte, mich abzuholen, und dann würde ich nicht nach Seattle fahren und meine Mutter doch nicht sehen.

Das Telephon klingelte lange, und als mein Vater antwortete, schien er außer Atem zu sein, als sei er gerannt oder gerade von draußen hereingekommen.

»Es schneit hier draußen in Montana, Bud«, sagte er

und schnaufte. Ich hörte ihn auf den Fußboden stampfen. »Fühlt sich schon jetzt so an, als wärst du lange fort.«
»Wir sind gerade auf dem Bahnhof in Shelby«, sagte ich. »Hier schneit's auch.« Doris war am Fahrkartenschalter und sprach mit der Frau, mit der ich gesprochen hatte – Betty. Ich wußte, daß sie über Barney redeten. Im Warteraum waren jetzt noch andere Menschen, mit Koffern und Pappschachteln. Es war laut. »Wir haben heute gesehen, wie ein Mann in einer Kneipe erschossen wurde«, sagte ich einfach so zu meinem Vater.
»Wie bitte?« sagte mein Vater, als hätte er mich nicht richtig verstanden. »Was hast du gesagt?«
»Die Polizei hat's getan«, sagte ich.
»Wo ist Doris? Gib sie mir mal«, sagte mein Vater, und ich merkte, daß ich ihn erschreckt hatte.« Wo bist du?« fragte er, und seine Stimme klang erschrocken.
»In Shelby«, sagte ich. »Im Bahnhof. Ich lag auf dem Boden«, sagte ich, »mit Doris. Es ist uns nichts passiert.«
»Wo ist sie? Wo ist Doris jetzt, Sohn«, sagte mein Vater. »Laß mich mal mit ihr sprechen.«
»Sie redet gerade mit jemandem«, sagte ich. »Sie kann nicht ans Telephon kommen.«

»Wo warst du«, sagte mein Vater, und ich wußte, daß er daran dachte, hierherzukommen und mich zu holen und mit sich nach Hause zu nehmen. Aber der Schnee fiel nun dichter, und er würde nie hier ankommen. Zuvor würde der Zug hier eintreffen.
»Wir waren in einer Kneipe, im Oil City«, sagte ich, und ich sagte es mit gelassener Stimme. »Es war niemand, den wir kannten. Es war ein Indianer.«
»Was um Himmels willen ist denn da los?« sagte mein Vater laut.
»Ich weiß es nicht«, sagte ich. »Es ist alles in Ordnung.«
Und dann war eine lange Pause in der Leitung, während der mein Vater gar nichts sagte, ich aber seine Füße auf dem Boden herumscharren und ihn immer noch schwer atmen hörte, und in der er, wie ich wußte, versuchte zu überlegen, was er jetzt tun sollte und was er tun konnte und was er würde ändern müssen – all diese Dinge –, wobei ich allerdings dachte, daß für mich gar nichts getan werden müsse, da ich in Sicherheit war.
»Ich kann dich von hier aus vor nicht allzuviel schützen, so ist es doch?« hörte ich ihn sagen, und er sagte es sanft, als wäre ihm egal, ob ich es hörte oder nicht – oder vielleicht sollte ich es gar nicht

hören. Und ich antwortete nicht, als ob ich darauf wartete, daß er etwas sagte, was ich hören sollte. Ich versuchte, mir etwas einfallen zu lassen, was ich ihn fragen könnte, aber ich wollte nichts wissen. Ihm erzählt zu haben, was passiert war, machte nun alles andere unwichtig.

Und dann sagte er, und zwar lauter, als hätte er plötzlich eine andere Haltung eingenommen: »Ist mit dir alles in Ordnung?«

»Ja, Sir«, sagte ich.

Und dann wartete er noch einen Moment: »Deine Mutter hat heute abend angerufen.«

»Was hat sie gesagt?« fragte ich.

»Ob du gut weggekommen wärst. Und wie dir zumute wäre. Sie hat mich gefragt, ob ich mit dir käme, und ich hab ihr gesagt, da hätte sie früher anrufen müssen, wenn sie das wollte. Ich müßte nach den Hunden sehen. Ich hab ihr gesagt, ich hätte was anderes vor.«

»Ist Miss Jensen da?«

Mein Vater lachte. »Yoyce?« sagte er. »Nein. Miss Yensen hat heute andere Gäste. Nur wir Köter sind im Haus. Ich hab sie beide reingelassen. Sie suchen dich überall, jetzt, im Moment.«

»Du brauchst dir um mich keine Sorgen zu machen«, sagte ich.

»Okay. Dann gewöhn ich mir das ab«, sagte mein Vater. Und dann schwieg er wieder. »Deine Mutter hat gesagt, sie versucht dich vielleicht dazubehalten. Also sei nicht überrascht.«
»Was hast du dazu gesagt?« fragte ich.
»Ich hab gesagt, in Ordnung. Daß es deine Sache wär. Nicht meine.«
»Was hat sie gesagt?«
»Nichts«, sagte er. »Dazu nichts. Ich hab bloß darüber nachgedacht, wie ich in deinem Alter war, da hatten meine Eltern ein paar große Kabbeleien – mit Rumschreien und allem. Handgreiflichkeiten. Mein Vater hat meine Mutter einmal bei uns im Haus an eine Wand gedrängt und gedroht, sie zu schlagen, weil er ein paar von seinen Freunden eingeladen hatte und sie meiner Mutter nicht gefielen und sie ihnen sagte, sie sollten nach Hause gehen. Ich hatte für die ganze Vorstellung einen Sitz in der ersten Reihe. Aber sie sind trotzdem verheiratet geblieben. Und das ist besser als dieses ganze alberne Theater. Ich weiß allerdings nicht, was du daran ändern sollst.«
»Schon in Ordnung«, sagte ich. Doris drehte sich um und sah durch den Raum zu mir herüber und lächelte und winkte. Sie zeigte mit dem Finger auf sich selbst, aber das wollte ich meinem Vater nicht

sagen. »Weißt du noch, wie du mal gesagt hast, Doris hätte Mitgefühl«, sagte ich und beobachtete Doris, die vielleicht herüberkäme, um mit meinem Vater zu reden, was ich aber nicht wollte. »Du hast mal über sie geredet. Ich wollte nur wissen, was du damit gemeint hast.«

»Tja«, sagte er, und er dachte darüber nach. Ich hörte einen der Hunde bellen, und mein Vater rief: »He, du!« Und dann sagte er: »Ich meinte bloß, daß sie großzügig mit ihren Gefühlen ist. Mir gegenüber, meine ich. Das ist alles. Wie kommst du darauf?«

»Ich weiß nicht«, sagte ich.

»Ist sie nett zu dir?« fragte mein Vater.

»Ja«, sagte ich, »das ist sie.« Dann sagte ich: »Glaubst du, es ist besser, wenn ich bei meiner Mutter bleibe?«

»Tja«, sagte mein Vater, »nur wenn du willst. Ich würde es dir nicht übelnehmen. Seattle ist eine gute Stadt. Aber ich freue mich, wenn du wieder hierher zurückkommst. Wir sollten nach den Ferien darüber sprechen, wenn du dagewesen bist. Dann weißt du mehr.«

»Okay«, sagte ich.

»Bist du sicher, daß alles in Ordnung ist?« sagte mein Vater. Ich hörte ein Hundehalsband klingeln und dachte, daß er wahrscheinlich gerade einen der Hunde streichelte.

»Mir geht's gut«, sagte ich.

»Ich liebe dich, Larry«, sagte er. »Ich hab vergessen, dir das zu sagen, bevor du weggefahren bist. Das ist wichtig.«

»Ich liebe dich«, sagte ich.

»Das ist gut«, sagte er. »Vielen Dank.«

Und dann legten wir auf.

Nachdem wir eine Stunde lang beobachtet hatten, wie die Nacht an uns vorüberglitt – der Ort Cutbank, Montana, ein paar Autos auf den Straßen, grelle Scheinwerferlichter hinter einer blinkenden Schneemauer und ein Straßenschild nach Santa Rita und zur kanadischen Grenze, dann eine lange Zeit der Dunkelheit, als der Zug am Highway entlangfuhr und keine Autos zu sehen waren, bloß ein- oder zweimal die Lichter einer Farm in der Ferne und eine Raketenstation, einsam in der Finsternis, und ein paar Lastwagen, die rechtzeitig zu Thanksgiving nach Hause kommen wollten –, fing Doris an mit mir zu reden, sprach einfach das aus, was ihr gerade in den Sinn kam, als meinte sie, ich sei vielleicht daran interessiert. Ihre Stimme klang anders in unserem kleinen Abteil. Sie hatte an Resonanz verloren und war eintönig, eine ganz gewöhnliche Stimme, die nur eines ausdrücken konnte.

Sie sagte, daß der Ort Shelby ihr immer noch sehr geheimnisvoll vorkomme und daß er sie an Las Vegas, Nevada, erinnere, wo sie und Benny geheiratet hätten. Sie sagte, beides seien Städte, die weit enfernt von irgendwelchen wichtigen Orten lägen, und beide seien unberechenbar – anders als Great Falls, das, wie sie sagte, berechenbar sei. Sie sagte, ihr sei klar, daß der Sheriff Barney nicht absichtlich erschossen habe, daß sie alles getan hätten, um das zu vermeiden, aber daß sie nicht genug gewußt hätten. Dann sagte sie wieder, daß sie die falsche Person für meinen Vater sei und daß es wichtige Dinge gebe, die sie meiner Mutter schon immer habe sagen wollen, Dinge, die sie von ihr denke – einige gut, einige nicht so gut –, aber daß sie diese Dinge nie habe ausdrücken können, weil meine Mutter sie schon vor Jahren in die Position der Rivalin gedrängt habe. Dann redete sie davon, was für ein Gefühl es sein würde, geschieden zu sein, das Schlimmste daran sei wohl, nicht kontrollieren zu können, was einem die ganze Zeit durch den Kopf gehe, und daß sie am nächsten

Tag, an Thanksgiving, meiner Mutter sagen würde, sie müsse auf der Stelle nach Haus kommen, sonst würde sich ihr Leben, bevor sie es wüßte, zum Schlechten wenden. »Dein Leben wird dich auffressen.« Das waren die Worte, die sie sagte. Und dann lehnte sie sich in ihren Sitz zurück und sah mich an.

»Ich hatte eine Zeitlang was mit einer anderen Frau. Ziemlich lange sogar«, sagte sie. »Jetzt aber nicht. Nicht mehr. Schockiert dich das?«

»Nein«, sagte ich, obwohl ich schockiert war. Sehr schockiert sogar.

»Doch, das tut es«, sagte Doris. »Mich hat es auch schockiert. Aber du könntest es nicht zugeben. Du bist nicht so gemacht. Du weißt nicht wirklich, wie man Menschen die Wahrheit anvertraut. Du bist wie dein Vater.« Sie nahm ihre Brille ab und strich mit den Fingerspitzen über die Haut unter ihren Augen.

»Ich kann die Wahrheit sagen«, sagte ich, und wollte sie sagen können, und ich wollte kein Mensch sein, der die Wahrheit nicht sagen konnte, obwohl ich Doris nicht erzählen wollte, daß ich schockiert war über das, was sie gesagt hatte.

»Ist schon gut«, sagte sie und lächelte mich an, wie sie es schon einmal an diesem Tag getan hatte, als

habe sie mich gern und als könne ich ihr vertrauen. Sie setzte sich die Brille wieder auf. »Hast du deiner Mutter ein schönes Geschenk gekauft? Ich wette, du hast einen guten Geschmack.«
»Ich hab ihr eine Uhr gekauft«, sagte ich.
»Tatsächlich?« Doris beugte sich vor, und sie schien glücklich. »Laß mal sehen.« Sie schien sich darüber zu freuen.
Ich griff in die Tasche meines Mantels, der neben mir auf dem Sitz lag, und nahm die Uhr heraus. Die kleine Plastikschatulle war in dünnes weißes Seidenpapier gewickelt, und ich packte sie vorsichtig aus, damit Doris sich die Uhr anschauen konnte. Und als sie die Uhr sah, öffnete sie die Schatulle und nahm sie heraus, und der kleine kreisende Zeiger ließ tickend die Sekunden verstreichen – ich konnte ihn beinahe hören –, und sie besah sie sich von ganz nahem, hielt sie sich ans Ohr und lächelte, als sie das Uhrwerk im Inneren hörte. »Gut«, sagte sie und lächelte mich an. »Sie geht. Ich wäre froh, mir würde auch mal jemand eine Uhr schenken«, sagte sie und legte sie mir wieder in die Hand. »Sie wird begeistert sein«, sagte sie, während ich die Uhr wieder einpackte. »Es ist ein perfektes Geschenk. Du bist so ein süßer Junge.« Sie nahm mein Gesicht zwischen ihre

warmen Hände und drückte es, und ich dachte, daß sie mich wieder küssen würde, aber sie tat es nicht. »Schade, daß es nicht überall so süße Jungs wie dich gibt«, sagte sie. Sie lehnte sich in ihren Sitz zurück und legte die Hände in den Schoß und schloß die Augen, und ich glaube, sie muß eine Minute lang eingeschlafen sein. Aber nach einer Weile sagte sie, mit immer noch geschlossenen Augen, während die dunkle verschneite Nacht auf der anderen Seite des Fensters leuchtend vorbeizog: »Ich wäre froh, es gäbe Thanksgiving-Lieder, dann könnten wir jetzt zusammen singen.« Und dann schlief sie tatsächlich ein, weil ihr Atem langsam und gleichmäßig wurde, und ihr Kopf sank ihr auf die Brust, und ihre Hände lagen still und entspannt. Und ich saß dann eine lange Zeit ganz still da und hatte ein Gefühl, als wäre ich ganz außerhalb der Welt, als hätte es mich hinaus in die Dunkelheit verschlagen, ohne Anfang und ohne Ziel, als schösse ich einfach durch das All, wie ein Junge in einer Rakete. Und nach einer Weile muß ich wohl den Atem angehalten haben, weil mein Herz immer heftiger zu schlagen begann, und ich hatte jenes Gefühl, jenes beängstigende Gefühl, das man bekommt, wenn man kurz davor ist zu ersticken und das Leben verrinnt – schnell, ganz schnell,

Sekunde um Sekunde –, und man muß sofort, auf der Stelle, etwas tun, um sich zu retten. Und dann erinnert man sich, daß nur man selbst die Ursache ist und daß man selbst dem Ganzen ein Ende machen kann. Und dann nahm es ein Ende, und ich konnte wieder atmen. Ich sah zum Fenster in die stille Nacht hinaus, wo die Wolken aufgestiegen waren und sich gelichtet hatten und es nicht länger schneite, und der Himmel über dem endlosen weißen Land war weicher als der weicheste Samt. Und ich fühlte Ruhe in mir. Vielleicht fühlte ich zum ersten Mal in meinem Leben Ruhe in mir, stärker als ich sie je wieder fühlen würde. So daß auch ich dann für eine Weile die Augen schloß und einschlief.